TAKE
SHOBO

染色令嬢の溺愛結婚事情
妹の元カレの公爵に嫁いだはずが
彼は私だけを愛しているそうです

茜たま

Illustration
Ciel

蜜猫
MitsuNeko

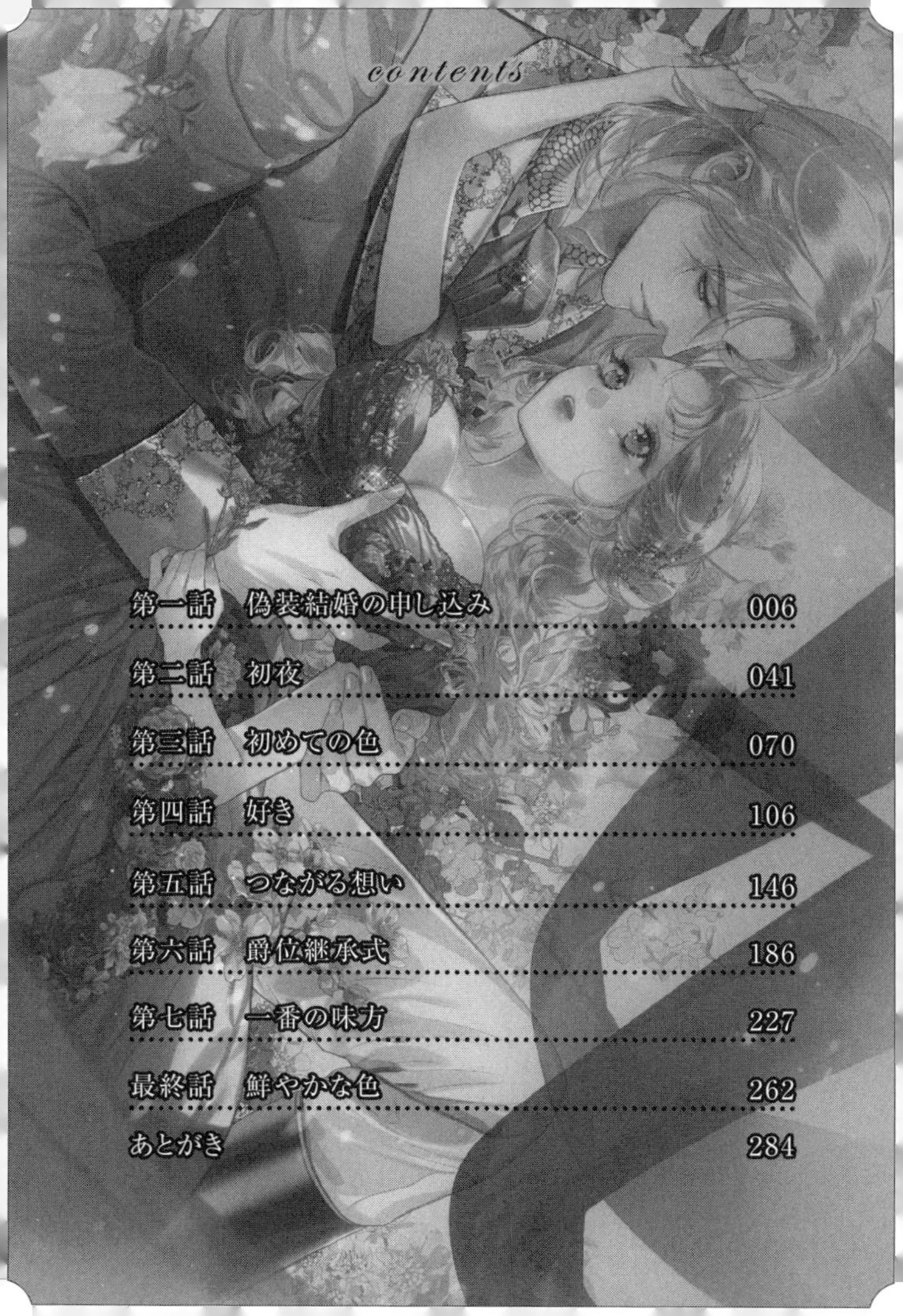

contents

イラスト／Ｃｉｅｌ

染色令嬢の溺愛結婚事情

妹の元カレの
公爵に嫁いだはずが
彼は私だけを愛しているそうです

第一話　偽装結婚の申し込み

夢を見ていた。

鮮やかな色が揺れる花畑。むこうで誰かが呼んでいる。

私もそこに行きたいのに、足がもつれて動けない。


「アニエス！　アニエスどこにいる‼」

屋敷中に響く怒声に、アニエス・ワグナーは目を覚ました。

（いけない。また床で寝てしまったんだわ）

煮出していた染色液の様子がよくて、あと少し、もう少し、と粘っているうちに、いつの間にか意識を飛ばしてしまったらしい。

「アニエス‼　何をしているんだ！」

「はい！　すぐに参ります、お父様‼」

床一面に並んだ瓶や鍋をひっくり返さぬよう気を付けながら、アニエスは作業部屋から飛び出した。

いつものように書斎から呼びつけられているのかと思ったが、今朝はどうも違うらしい。

使用人たちが戸惑い気味に様子を窺《うかが》うその先は、アニエスの妹・ローザの寝室だ。染色液で汚れた服のまま飛び込んできたアニエスを、父・ワグナー伯爵は忌々しげに振り返った。

彼の大きな体のむこうにある、朝の光を浴びたベッド。

その上で半裸のまま身を寄せ合う、若い男女の姿が見えた。

男はトリスタン・ペレス。北部の辺境伯令息で、先月からこの屋敷に客として滞在している。

女の方は、ローザ・ワグナー。アニエスの二歳下の妹だ。

ローザはアニエスと目が合うと、気まずそうに瞳を伏せた。

「すまない、アニエス。私はローザを愛してしまったんだ。私たちが一緒になることを、どうか許してもらえないか！」

ローザを胸に抱いて叫ぶトリスタンの姿は凛々《りり》しくて、まるで使命でも帯びた勇者のようだ。

彼がつい昨日まで求婚していた相手が、ローザではなくアニエスだったということさえ除けば、だが。

「ワグナー伯爵。父からの融資に関しては、結婚相手がローザになったとしても、変わらず実行してもらうつもりだ。安心してほしい」

「なに……本当でしょうな」

トリスタンからの申し出にあからさまな安堵《あんど》を見せたワグナー伯爵だが、しかしすぐにまた声を荒げた。

「いや、違うぞ。問題はそれだけではないだろう。分かっているのかローザ！」

ローザは顔をこわばらせて、ぷいと俯《うつむ》く。

「おまえには結婚予定の相手がいるだろう。それも、この南部で……いや、この国で最も権力を持つプレトリウス公爵家の次期当主だ‼　十年待ち続けて、ようやく求婚されたばかりだというのに……こんな裏切りをしてしまえば、この家はお終《しま》いだ‼」

「知らないわ。求婚っていっても花と手紙だけじゃない。いつまでたっても迎えに来ないのが悪いのよ！」

「な、何を……ようやくその時が近付いているのではないか！　愚か者め‼」

怒鳴りつけられたローザの目から、ぼろぼろと涙がこぼれ落ちる。トリスタンがローザを抱きしめる。使用人たちはみんな蒼白《そうはく》な顔で立ち尽くしている。

髪をかきむしり唸《うな》り声《ごえ》を上げていたワグナー伯爵が、不意にアニエスを振り返った。

「おまえのせいだぞ、アニエス‼」

「えっ」

「当然だろう！　おまえに色気がないから、妹に婚約者を奪われたのだ。そんなことも分からんのか‼」

「そんな、お父様」

「口答えをするな‼ 儂《わし》は知らんぞ。おまえのせいだ。いいかアニエス、おまえがローザの婚約相手……セイラン・プレトリウス卿《きょう》に事情を説明して、許していただくのだ‼ 分かったな‼」

「旦那様！ それはあんまりです。アニエス様だって動揺していらっしゃるのに、なのに、どうしてそんなことまで！」

震えながら庇《かば》ってくれたメイドのロッテを、伯爵は血走った目で睨《にら》みつける。

「うるさい、黙れ、出しゃばるな‼」

眉は吊《つ》り上がり、脚は床を踏み鳴らし、顔は弾けそうに真っ赤だ。

アニエスは知っている。こうなってしまった彼が、娘や使用人の言葉などに耳を貸すことはないことを。

自分に許される返事は、これしかないということも。

「──分かりました、お父様。私がなんとかして参ります」

＊

その日の午後。アニエスは豪華な門の前にぽつんと立ち尽くしていた。

高い門の向こう側で左右に翼を広げるのは、プレトリウス公爵城。この南部で、いや、この王国でも屈指の美しさを誇る城だ。

(それにしても、なんて美しい金と白のコントラストかしら)

その荘厳な光景に、アニエスはほうっとため息をつく。とりあえず現実逃避である。

「何かご用ですかな?」

どきりとして視線を向けると、鉄格子門の向こうに立つ初老の紳士と目が合った。

家令の制服をまとった柔和な笑みにホッとして、アニエスは丁寧な礼をする。

「セイラン・プレトリウス卿に、お会いできますでしょうか」

「お約束はされていらっしゃいますか?」

「いえ。ですが、大切な用事なのです」

「申し訳ありませんが、セイラン・プレトリウスは非常に多忙。まずはご用件をお伺いして、私が予定を調整いたしますので、後日改めてお越しいただけますか」

当然の対応だ。名門公爵家にいきなり押しかけて、次期当主にすぐに会わせてもらえるはずもないことは、アニエスだって分かっていた。

しかし、「何をぐずぐずしているのだ。早く、今すぐ解決して来い!」と父に怒鳴られ、追い立てられるように屋敷を出てきてしまったのである。

地味なモスグリーンのドレスの上に、普段使いの茶色い外套《がいとう》と、茶色い手袋。髪を一つにまとめて大きな丸い眼鏡をかけたアニエスは、そもそも貴族令嬢にすら見えないだろう。

しかしだからといって、すごすごと引き下がるわけにもいかない。

「少しだけでもお会いできませんか。ここでお待ちしますので」

父から急《せ》かされたからだけではない。もたもたしていては、セイラン・プレトリウスがローザを迎えに来てしまうかもしれないからだ。

アニエスの脳裏に、寄り添うローザとトリスタンの姿が蘇《よみがえ》った。

(万が一、あんな二人の姿を見てしまったら、傷つけてしまうに違いないわ)

そうなるより先に、どうにかして事情を説明しなくては。

アニエスはこくんと息を呑《の》み込《こ》んだ。緊急事態だと分かれば、家令も取り次いでくれるかもしれない。

「セイラン・プレトリウス卿が結婚をお申し込みになったローザ・ワグナーは、別の男性との結婚が決まってしまいました。そのお詫《わ》びのために、ローザの姉であるアニエスが参りましたと……どうか、そうお取次ぎくださいませ！」

「へえ？」

背後から響く凛《りん》とした声が、アニエスの声に重なった。

振り向くと、宝石のような輝きを放つ瞳と目が合う。

「僕が結婚を申し込んだ相手だって？」

それは、あまりに整った面差しの青年だった。

すっと通った鼻梁《びりょう》の下に、下唇が厚めの口。そして、プラチナブロンドの艶《あで》やかな髪の下から、アニエスを見据える切れ長の瞳。どこかけだるげな印象を与える青みがかったグレイの瞳は、まるで月のない夜の湖のよう。

甘く、妖しく色っぽい。

幼い頃に好きだった絵本に登場した、恋をつかさどる悪戯《いたずら》な神様を思い出した。

「セイラン様、お帰りなさいませ」

(この方が……)

家令の言葉にアニエスが目を丸くした時、美青年の背後から更なる声が聞こえてきた。

「セイラン、待ちなさい。まだ話は終わっていないですよ」

豪奢《ごうしゃ》な馬車から身なりのいい中年の男が降りてくるのを見た瞬間、アニエスは身構えた。

この男なら、アニエスもよく知っている。

「君は確かに本家の後継ぎだ。君が帰ってきてくれたことを、私は嬉《うれ》しく思っています」

男の声は、静かにゆったりと響いてくる。

「しかし、十年間この南部から離れていたのは事実でしょう。実際君は、南部についてはまだ何も知らないはずだ。南部貴族のことも、ギルドの運営も、綿花産業のことも。君の留守中このプレトリウス家を守ってきた私に、当面はすべてを任せておけばいい」

男の名は、ホルガ・プレトリウス。南部の綿花ギルドの最高権力者である。

柔和な見た目と人の心に入り込むような優しい話し方、そして巧みな話術をもって、人々の信頼を勝ち取っていく、この南部きっての人格者。

しかし美貌の青年は、背後のホルガを気にすることなく片手の指を顎に当て、じっとアニエスの顔を見つめたままだ。

「あ、あの……？」

整った顔を遠慮なく近付けられて、アニエスは後ずさった。

一歩、一歩と下がっていき、門に背が着くところまで追い詰められる。もう逃げ場がないのなら、と、ようやく腹をくくった。

「セ、セイラン・プレトリウス様ですか？　申し伝えたいことがあって参りました！」

するとセイランは、あっさりと頷《うなず》いた。

「うん。もう一度言って？」

「え？」

「さっき君が叫んでいた内容。僕が結婚を申し込んだ相手が、誰だって？」

アニエスは、戸惑いつつも繰り返す。

「セイラン・プレトリウス次期公爵閣下が結婚をお申し込みになったローザ・ワグナーは……別の男性との結婚が決まってしまいました、と」

「なるほど？　僕が結婚を申し込んだ、ローザ・ワグナー」

なるほどなるほど、と何度も頷き繰り返した後、セイランはアニエスの顔をふたたびじっと見つめてくる。

「そして、君は？」

「私ですか？」

アニエスは戸惑いながら自分を指さす。

「私は……ローザの姉です」

「名前。名前は持っていないの？」

「し、失礼いたしました。アニエスです。アニエス・ワグナーと申します」

スカートを摘まんでカーテシーをする。しかしそれに応じることなく、セイランはじっとアニエスを見つめたままだ。

（一体何なの……？）

ようやくその目を見返す余裕が生まれてきた。

均整の取れた、すらりと長い手足。不思議なきらめきを放つ、グレイの瞳。

まるで時間を駆けのぼるように、一気に記憶がよみがえっていく。

十年前のあの日、こちらを覗《のぞ》き込んできた少年の、拗《す》ねたような面影と重なって。

（そうだわ。やっぱりこの方が、セイラン様……）

「は〜〜〜〜〜〜〜〜〜〜〜〜〜〜〜〜〜〜〜〜〜〜」

不意にセイランが、全身から力が抜けていくようなため息を吐き出した。

同時にその場に、ゆるゆるとしゃがみこんでいく。

「⁉ えっ⁉ ど、どうしましたか⁉ 具合でも？」

貧血だろうか、まさか卒中？ 焦るアニエスの前で、セイランは小さくつぶやいた。

「なんてことだ……勘弁してよ、もう」

顔を覆った両手の隙間から、ぶつぶつと声が漏れてくる。「あー」「そういうこと？」「なんだよそれ」「シャレにならないだろ」と矢継ぎ早に何かを言っている。病気というわけではなさそうだが、一体どうしてしまったのだろう。

戸惑っているのはアニエスだけではないようだ。

完全に無視された形のホルガ・プレトリウスは、強張《こわば》った笑みを浮かべて声を張った。

「そろそろよろしいかな、セイラン。ちなみにその女性は誰でしょう？」

アニエスは愕然《がくぜん》とした。

ホルガとは、ギルドでしばしば顔を合わせている。

それだけではない。この数年間、何度も何度も直訴を繰り返してきた。

祖父の遺《のこ》した技術を返してほしいと。せめて、みんなが使えるようにしてほしいと。

ホルガはそのたび耳障りのいい言葉で返事をし、検討しますよと受け流した。

（なのに、私は顔を覚えられてもいないのね）

「叔父さん、さっきの話ですが」

その時、セイランがくるりとホルガの方を振り向いた。

「プレトリウス家の当主は、南部貴族と深い絆《きずな》を持たなきゃいけない。だからこそ、この南部に代々続く貴族家のご令嬢を妻に娶《めと》る必要があるんでしたよね？」

ホルガは、我が意を得たりというように相好を崩した。

「そうですよ。ようやく分かってくれましたか。少なくとも四代に渡ってこの南部に根差してきた貴族家の令嬢であることが、最低限の条件です。幼くして南部から出た君には、そんな当てはないでしょう。だから私が、しかるべき令嬢を世話してあげるつもりです。例えば、私の妻の妹の娘など……」

「その問題なら、たった今解決しましたよ」

セイランが、グレイの瞳のまなざしをアニエスに向ける。

ため息の形だった唇の端が、ゆっくりと持ち上がっていく。

やはり、恋を司《つかさど》る神様……いや、人を惑わす、妖しく美しい悪魔のような。

「紹介しましょう。こちらはワグナー伯爵家のご令嬢、アニエス嬢」

「……ワグナー伯爵家？」

片目をすがめて、ホルガはぼそりとつぶやいた。

「はい。確か、南部貴族の中でもなかなかの歴史を誇る一族だったはずでは？」

言いながら、セイランは右腕を大きく横に広げた。

おおげさな動き、相手の感情を逆なでするために作られた表情、朗々とした、挑発的な語り口調。

(まるで、傲慢なほどに咲き誇る、美しすぎる花のような)

セイランの一挙手一投足が、人々の視線を惹《ひ》きつけ、圧倒していく。

「僕が彼女を選んだことを、ここに宣言いたします。このセイラン・プレトリウスの妻となるのは、ワグナー伯爵家ご令嬢、アニエス・ワグナー。どうぞお見知りおきください」

ゴゴゴ、という響きに振り返ると、先ほどまで固く閉ざされていた門が左右に開かれていく。

アニエスはぽかんと口を開いたまま、呆然《ぼうぜん》とセイランの姿を見上げた。

(青い空と、グレイの瞳と、プラチナブロンドの髪のコントラストがとっても綺麗《きれい》)

やっぱり、そんなことを考えながら。

＊

アニエス・ワグナーは、グレニア王国の南部地方に代々続く伯爵家の長女として生まれた。濃い緑色の瞳に、ほうっておくとふわふわと広がってしまう銀鼠《ぎんねず》色の髪を持つ、二十二歳の娘である。

若い娘らしからぬ暗い色のドレスに丸い大きな眼鏡、そして常に身に着けている長い手袋。いつも変わらないその地味な見てくれには、一応理由がある。

南部の主要産業は、綿花の栽培と加工だ。

中でもワグナー伯爵家は、代々染色加工を家業としてきた。

職人の娘として生まれた母は、先代のワグナー伯爵家当主――アニエスの祖父にその腕を見出《みいだ》され、一人息子の妻となった。

アニエスは物心つくずっと前から、母と共にさまざまな色を採り出してきた。手袋が欠かせなくなってしまったのは、染色液が長年をかけて染み込んだ指先が、すっかり色付いてしまっているからだ。

暗い色のドレスは染色液が跳ねた時の被害を軽減するため、眼鏡も同様に目を守るため。

しかし、同じように地味な服装で仕事に励んでいた母は、十年前、流行病《はやりやまい》であっさり亡くなってしまった。

家業に興味のない浪費家の父と二歳下の妹・ローザと共に残された十二歳のアニエスは、これからは自分がこの家を支えていかねばならないと、心に誓った。

それから、社交界デビューの機会すら惜しんでひたすらに、家業に邁進《まいしん》してきたのである。


王城から初めて花が届いたのは、母が亡くなった年の春だった。

薄紅色の花弁に潔い真っすぐな緑色の葉を持つ、アカリユリの花。

短いメッセージ付きのカードも添えられていた。


——ローザ・ワグナーへ　愛を込めて　セイラン・プレトリウス

二人の父、ワグナー伯爵は驚いた。

セイラン・プレトリウスといえば、南部で、いやこの国で最も有力な公爵家の、次期公爵に他ならない。

——ローザや。いつのまにセイラン様と知り合ったんだ？

猫なで声で問われたローザは、しばらく黙った後に答えた。

——お母様とお出かけをした時に、セイラン様にお会いして、名前を聞かれたの。私に一目ぽれをしたんですって。

アニエスは驚いた。自分も同じ時、セイランという少年には会っていたからだ。花や虫の話をして、とても楽しかった記憶もある。

しかし彼は、話の途中でふいとどこかに姿を消して、それきりだった。もちろん名前など聞かれていない。

ローザはアニエスと違い、母譲りの金色の髪を持っている。ほっそりとして可憐《かれん》な風貌で、もちろん指先は真っ白だ。

やはり男の子というものはローザのような子が好きなのだと、銀鼠色でもしゃもしゃの自分の髪をきゅっと掴《つか》みながら、アニエスは悟ったのである。

──でかしたぞローザ！　早速婚約の話を進めよう！

ワグナー伯爵は小躍りしつつプレトリウス家へと報告に赴いたが、やがて苦虫を噛《か》み潰《つぶ》したような顔で帰ってきた。

──十二歳の子供のすることを真に受けるな、ということだ。言われてみればその通りだ。ままごと遊びで大げさに騒ぐな！

その少し前、公爵夫妻は流行病で相次いで亡くなっていた。

一人息子のセイランは南部を離れ、王城で暮らすようになっていたのだ。プレトリウス公爵家の実権は、留守番役であるセイランの父の弟、ホルガ・プレトリウスが握っていた。

ホルガからあしらわれた伯爵は、酒をあおってアニエスたちに八つ当たりをしたものだ。

しかし、それからも花は届き続けた。

ローザへの愛のメッセージを添えて、毎月最初の日に、一度として欠かすことなく。

一年が経《た》ち、二年が過ぎ、やがて三年目が来る頃には、アニエスはもちろん、伯爵も信じるようになっていた。

セイラン・プレトリウスは、ローザのことを愛している。それも、あまりに深く一途《いちず》に。

——セイラン様は、プレトリウス公爵家の正式な跡取りだ。じきに南部に戻ってくるだろう。

その時こそ、ローザに求婚するに違いない。

ふたたび意見を翻した伯爵は、その日を楽しみに待つようになった。


十年の時が流れ、それでも花は途切れなかった。

そして今から一か月前。

セイラン・プレトリウスが爵位継承のために南部に戻って来るらしい、という報《しら》せが南部を駆け巡った頃、ついにその時はやってきたのだ。

赤い花に添えられたカードには「ローザ　僕と結婚してください」と記されていた。

しかし、なんという運命の悪戯だろう。

土壇場でローザが選んだのは、姉と結婚する予定だった、別の男なのだから。

「トリスタン・ペレス？　それが君の妹……ローザ・ワグナーの結婚相手？」

＊

門の前で遭遇してから、しばらくあと。

アニエスは、セイラン・プレトリウスと向き合って座っていた。

ホルガ・プレトリウスを有無を言わさず帰らせたセイランから、城へと招き入れられたのだ。

門の先の広大な道と迷路のような回廊を抜け、ようやく通された、最上階の部屋である。

（まるで、神々の宮殿だわ）

まばゆい調度品がずらりと並ぶ広い部屋には明るい光が満ち、二人の間には香り高い茶が湯気を立てている。

喉を潤したいとは思ったが、あまりに繊細で美しいカップを落として割っては大変だと、アニエスは手袋を付けたままの手を膝に乗せた。

「はい。妹のローザ・ワグナーは、トリスタン・ペレス様との縁談がまとまりまして、来月には、ペレス辺境伯の領地に移ることになりました。私は、そのご報告に参ったのです」

アニエスが答える間も、セイランは椅子のひじ掛けに頬杖《ほおづえ》を突き、アニエスの方をじっと見つめてくる。

あまりにもひたと見られ続けては、ちっとも落ち着かない。そもそもセイランは、ただじっとしているだけでもまばゆいほどに美しいのだ。

(王都から戻ってきた方というのは、みんなこんなに綺麗なのかしら)

プラチナブロンドの髪の間から覗《のぞ》くグレイの瞳は静謐《せいひつ》で、目じりが緩やかなラインを描いている。ひどく甘い視線だ。見つめられると命まで持っていかれそうで、アニエスは慌てて目を伏せた。

(ううん。みんながこんなふうなはずないわ。セイラン様は、きっと特別)

セイラン・プレトリウスは、アニエスと同じ二十二歳。

王国屈指の名門・プレトリウス公爵家の次期当主なのだから。


プレトリウス家の歴史は、このグレニア王国の歴史を超える。

現王国の建国の際には王家を支えて多大なる貢献をし、それ以来、国の四分の一にあたる南部一帯を統治してきた名門だ。

当然王家との結びつきは強く、セイランの亡き母は、なんと現国王の姉である。

セイラン・プレトリウスは南部に生まれたが、十二歳の時に両親が立て続けに他界した。

その後、心配した叔父である国王に王都へと呼び寄せられ、十年間を王城で過ごしたという。

そして、二十二歳になった今年、十年ぶりに南部へと戻ってきたのだ。

父の弟であるホルガ・プレトリウスに預けていた公爵家の実権を取り戻し、正式に爵位を継承するために。

南部の斜陽伯爵家の次女ローザ・ワグナーに、十年越しの求婚をするために。


（……の、はずなのだけれど……）


「ふうん。ローザ・ワグナーが、ペレス辺境伯の息子と結婚、ね」

セイランは、まるで他人事のように呟《つぶや》いて、長い足を組み変えた。

一方のアニエスは、必死で頭を整理している真っ最中である。


——このセイラン・プレトリウスの妻となるのは、アニエス・ワグナー。

セイランは、ついさっき門の前で、確かにそう言った。

（あれはいったい、どういうこと？）

どう考えても分からない。

アニエスのことをローザと間違えているのだろうか。

いや、そんなはずはない。我ながら、あまり似ていない姉妹である。

それでは聞き間違い？

そういえば、王都の最上位貴族というものは、本心を見せずに持って回った言い方をすると聞いたことがある。もしかしたらさっきのあれにも、全く別の意味があるのかもしれない。

「いくつか質問をしていい？　さすがの僕も、ちょっと混乱しているんだ」

「は……はい！」

言葉の裏の意味をあれこれと考えていたアニエスだが、そう切り出されて慌てて背筋を伸ばした。

それじゃあ、とセイランは、長い人差し指を立てる。

「まずはひとつめ。どうして君が報告に来たの？　この場合、ローザ・ワグナー本人か、少なくとも父親のワグナー伯爵が、話しに来るのが筋だと思うけど」

「それは……ローザもそのつもりだったのですが、あまりにセイラン様に申し訳が立たないということで、まずは姉の私が参りました。父は……その、今朝になって体調を崩してしまいまして……」

「あー、なるほどね」

苦しい言い訳をあっさり受け入れてもらえたことにホッとする間もなく、セイランは次の質問に移ってしまう。

「じゃあ、ふたつめ。その、ペレス辺境伯家のトリスタン。噂《うわさ》を聞いたよ。トリスタン・ペレスがワグナー伯爵家の娘に求婚したと。それも――アニエス・ワグナー、長女の方に」

アニエスは、緊張に手を握りしめた。

「トリスタン・ペレスは君の婚約者だったんじゃないの？　どうして妹が成り代わっている？」

（来たわ）

この質問は絶対にされるだろうと、回答を用意してきた。

前夜、酒を飲んでしまって。二人は実は、幼い頃に一度会ったことがあって。祖父母同士が初恋だったのです。夢の中で会ったことがあって。

「それは……」

アニエスの頭の中に、色とりどりの花が浮かんだ。

それは十年間、毎月欠かさず贈られてきた、セイランの想《おも》いを乗せた花だ。

花びらのように降り積もってきた彼の想いを、そんな不誠実な言葉たちで穢《けが》していいのだろうか。

（そんなこと、やっぱりできないわ）

アニエスは小さく息を吸い込んで、真実を告げる決意をした。

「……二人は、一目出会った時から、惹かれ合ってしまったのです。それは、もう止めることのできない、運命のようなものだったのではないかと思います」


ペレス辺境伯からワグナー伯爵家へ結婚の申し出が届いたのは、三か月前のことである。

北部では毛織物産業が盛んだが、昨今は綿織物や絹織物に押されて人気が落ちている。

そこで、ワグナー家と婚姻関係を結び、協力して共に事業を拡《ひろ》げたいというのだ。

提示された融資額に、ワグナー伯爵は二つ返事で了承してしまった。

――うちにはちょうど嫁き遅れの娘がいる。なんと良い話だろうか。

最初、アニエスは戸惑った。

自分が遠い北部に嫁いでしまっては、家業が立ち行かなくなると思ったからだ。

しかし、それ以上に融資金は魅力だった。

ワグナー家の家計は火の車。このままでは、来年のための綿花を仕入れることすらできないだろう。

自分が結婚することで、みんなの生活を守れるのなら。そう考えたアニエスは、トリスタンとの結婚を決意したのだ。

しかし、トリスタンは土壇場で、アニエスではなくローザを選んだ。

——おまえに色気がないからだ。

自分がもう少し、可愛らしくて華やかで、女性としての魅力があったなら。

そうしたら今、目の前にいるこの美しい人を悲しませるようなこともなかったのだろうか。

「運命、ね」

アニエスをじっと見つめた後、セイランはふっと息を吐き出す。

「要するに……僕と君は同じ立場ってことか」

「同じ？」

「愛する相手に、捨てられた同士ってこと」

そうか、世間から見ればそういうことになるのか。

まさかセイランと自分に共通点があったなんて、と一度瞬《まばた》きをしたアニエスだが、セイランと目が合ってドキリとした。

彼の口元には、不敵な……不穏な笑みが浮かんでいたからだ。

「知ってるかな。うちは、こう見えて王家よりも歴史がある一族なんだ」

「もちろん知っています。プレトリウス公爵家は、我が南部の誇りですもの」

「だからこそ、古臭いしきたりも多いんだけど、その一つがこれ」

一度言葉を切って、セイランは脚を組み替えてゆっくりと続けた。

「次期当主は、爵位継承までに結婚相手を決めなくてはならない」

門の前でのホルガとセイランのやり取りを思い出し、アニエスは頷いた。

上位貴族の当主は、早い段階で正妻を娶ることが多い。その後妾《めかけ》を抱えたとしても、後継ぎ問題に最低限の秩序を保つことができるからだ。

「馬鹿馬鹿しいけど、そういうことが結構重視されていてね。無視して強引に爵位を継承しようとしたら、血が流れかねない」

神妙な顔でセイランは言った。

「実際、このしきたりを無視した結果、四代前の爵位継承時には暗殺未遂も起きた。寝ていたら、いきなり刺客が剣で切りかかってきたんだってさ。ゾッとするよね」

花の神のように美しい彼は、剣だの血だのが苦手なのかもしれない。細身でしなやかな身体つきで、いかにもそういう見た目である。

アニエスは、そこにきてようやくハッと気が付いた。

(そ、それはもしかして……ローザと結婚できないと、セイラン様がそういう目に遭ってしまうということでは⁉)

セイランがローザに結婚を申し入れてきたのは、ほんのひと月前のことだ。

まだ南部に戻ってきてもいないのに、ずいぶんと慌ただしいことだと驚いた。

（それは要するに、爵位継承のためにすぐにでも結婚する必要があったから？）

なのにいきなり一方的に別れを切り出されたというのが、セイランから見た現状なのだ。

（だとしたら、これはただの別れ話なんかじゃない）

王国随一の名門公爵家の、継承問題に関わる話だったのだ。

すーっと血の気が引いていく。

「た……たいへんなご迷惑をおかけして、申し訳ありません。私どもに、なにか償う手立てがあるといいのですが」

真っ先に頭に浮かんだのは「契約破棄による損害賠償」という言葉である。

いや、まだ正式な結婚の契約は結んでいない。しかし、婚姻においては口約束もある程度の効力を持つと聞いたことがある。

（損害賠償……）

ワグナー家には、金がない。

十二年前に祖父が、十年前に母が亡くなってから、綱渡りのように資金繰りをしてきたが、いよいよ限界というところまで追いつめられていた。

それが、ペレス家の融資でどうにかめどが立った、その矢先なのである。

（なのに、ここでまた借金を背負うことになったら……）

青ざめていくアニエスをじっと見つめ、セイランは一本の命綱を垂らすように告げた。

「ワグナー家としてプレトリウス家に詫びる気が、本当にある？」

「もちろんです。私たちにできることでしたら。だけど、お金は……その、しばらく猶予を頂けましたら……」

「君から金を取ってどうするんだよ。そんなもの、ここに唸《うな》るほどある」

セイランは右手をさらりと持ち上げ、部屋中の豪奢な装飾を示す。

「もっと別にあるだろう。君から僕に差し出せるものが」

「私には、なにもありませんが」

セイランは、焦れたような表情を浮かべる。

「僕と、結婚してくれればいい」

「………」

「僕は君の妹に捨てられ、君は妹に婚約者を取られた。余り者同士でちょうどいいだろう？」

見ほれるような笑顔のまま、甘い顔立ちの次期公爵は言ってのけた。

「君には、拒否する選択肢はないと思うけれど？」

＊

その夜、アニエスが自宅に戻れたのは、日もすっかり落ちた頃だった。

様子を知りたがるロッテたちをどうにか交わし、自分の部屋の扉を開く。

(落ち着くのよ、アニエス・ワグナー)

いつもの作業机の前に座って、大きく深呼吸をした。


——僕と、結婚してくれればいい。


損害賠償を請求されなかったのはよかった。しかし、その代わりになるのが自分との結婚？

顔を上げると、壁に立てかけた古い鏡が目に入った。

母から譲り受けたその鏡には、銀鼠色の髪を無理やりひっ詰めて結んだ、地味な服装のアニエスの姿が映っている。公爵邸に伺うのだからと慌てて施した慣れない化粧は剥《は》げ気味で、普段使いの丸く大きな眼鏡もずり落ちそうだ。

「もっさりとした、古い絨毯《じゅうたん》のような見た目」そう馬鹿にして笑ったのは、ギルドの男達だっただろうか。

アニエスは、ぷるりと頭を振った。

いや、どう考えてもおかしい。

たとえ爵位継承のために南部貴族の令嬢と婚姻関係を結ばなくてはいけないとしても、アニエスより美しい娘はいくらでもいる。

(セイラン様はきっと、ローザとトリスタン様の話を聞いて混乱していたんだわ)

きっと今頃は正気に返って、ひどく後悔しているに違いない。

(そっとしておいた方がいいわね)

口約束を真に受けると、痛い目を見る。

以前、ギルド主催の会合で酒を飲む男たち相手に頑張って仕事の話をしたことがあった。その場では色よい返事をしていた彼らだが、翌日には何の話だと怒鳴ってきたものだ。

(ああいうのも、男の人の冗談ってものなのかしら。本気にしても笑われるだけよ)

ようやく落ち着きを取り戻してきたアニエスが、ふうっと息を吐き出した時。

「お姉様、帰っているの?」

部屋の扉が開いて、鏡の中に美しいホワイトゴールドの髪が映り込んできた。

「ローザ」

「おかえりなさい、どうだった?」

ローザは、どこか探るような瞳をアニエスに向ける。

「セイラン様は、何か言っていた?」

ローザの代わりに結婚しようと言われた。

――いや、そんな報告をして、ローザを動揺させる必要もないだろう。どうせセイランも後悔していて、これ以上進まない話なのだ。

「大丈夫よ。話は済んだわ。それよりお父様はどうしているかしら。今日のことを報告しにいかなくちゃ」

憂鬱な気持ちで腰を浮かせたアニエスに、ローザはあっさりと肩をすくめた。

「行かなくていいわよ。トリスタン様ととっくに和解して、二人して仲良く酒場に繰り出して行ったわ。これからのことを、改めて話すんですって」

アニエスは脱力して、再び椅子に腰を落とす。

プレトリウス家との交渉は、父の中では完全にアニエスに任せてしまったことなのだ。トラブルにでもなろうものなら、ここから先は全てアニエスの責任。分かっていたが気が重くなる。

「ねえ、セイラン様は、お姉様を見て何か言っていなかった？」

「私を見て？　それは、別に……」

「本当に？　動揺したり、驚いたりはしていなかった？」

「動揺していたのは当たり前よ。だって、十年間ずっと一途に想っていた相手が、いきなり他の方と結婚をするんですもの。深く傷ついて当たり前だわ」

そう。セイランは動揺していたのだ。目の前の、地味な姉に求婚をしてしまうほどに。

（私ったら、自分ばかりが動揺してる気持ちになって。一番辛いのはセイラン様なのに）

改めて胸を痛めるアニエスだが、一方のローザは「まあいいわ」とあっさり話題を変えてしまった。

「私、明日にはトリスタン様と一緒にペレス辺境伯領に移ることに決めたから」

「えっ。明日？　どうしてそんな、急すぎでしょう？　領地のみんなや、親戚への結婚の挨拶も済んでいないのに」

「いいわよ、そんなもの。説明だって面倒くさいし」

確かにワグナー家の親戚筋は、ペレス家に嫁ぐのはアニエスだと思っているはずだ。花嫁が入れ替わっては、説明が少々ややこしいかもしれないが。

「だけど」

「トリスタン様のお父様が、早く戻って来いって言っているらしいの。北部を上げてお迎えしてくれるのよ。あ、ちなみにお父様からは、とっくに了承をもらったわ」

早口に言って、ローザは木箱の上に腰を下ろした。

「結婚式も、あっちで盛大に挙げてもらうつもり。お姉様も来てほしいけれど、どうせ仕事が忙しいでしょう？　無理しなくていいわ」

アニエスは椅子から立ち上がり、ローザの前に膝を突いて瞳を見つめた。

「ローザ、聞いて。セイラン様のことだけれど。ずっと愛していた人が、いきなり他の人と結婚をしたりして、傷つかないわけないと思うの。あなたはそのことを、忘れてはいけないわ」

ローザはアニエスから目を逸《そ》らし、少しの沈黙の後、ぼそりとつぶやく。

「もう私には関係ないわ。だって、ペレス家に嫁ぐんですもの」

木箱から立ち上がり、ローザは部屋の中を踊るようにくるんと回る。

「ペレス家の領地は、北の隣国にも近いのよ。今までは、うちが貧乏なせいで王都の社交界にも全然出られなかったし、南部の社交界なんかこりごりだったけど、この際、異国の社交界にデビューしてしまうのもいいかもしれないわ」

「ローザ……」

「もちろん、融資はちゃんとしてもらうから安心して。そうしたら、うちも安泰だわ。お母様やお姉様みたいな仕事はできなかったけれど、最後は結局、私がこの家を救うのよ。それは、セイラン様に嫁ごうが、トリスタン様に嫁ごうが、同じことでしょう?」

母が亡くなった時、アニエスは十二歳でローザは十歳だった。

この二歳の差は大きかった。母と共に家の仕事をした記憶が、ローザはずっと少ないのだ。

「ローザ、ごめんね。本当はもっと私が、あなたにお母様の技術を教えてあげなくてはいけなかったのに」

母の死後、一気に傾いていく家業を支えるのに必死だったアニエスは、ローザに向き合うことができなかった。気が付けば、ローザは家の仕事に関わろうとしなくなっていた。

「やめてよ。もう興味ないもの。お姉様みたいに指先が汚くなるなんてお断り」

アニエスは、手袋をはめた自分の両手の指をぎゅっと握る。

「ローザ……」

「それに、私はせいせいしているのよ。南部の男たちの偉そうな態度には、いい加減うんざりだわ」

ローザは、キッとアニエスを睨んだ。

「だいたい、お父様の浪費の尻拭いをしているのはお姉様なのに、お姉様は、いつも文句も言わずに従って。そうまでして染色の仕事がしたいの？　馬鹿みたい」

「そんなこと」

「トリスタン様は違うわ。優しいし、私を大切にしてくれるもの。私は美しいうちに幸せになるのよ。お母様やお姉様みたいに、家に尽くすだけの人生なんか絶対に嫌！」

涙目になったローザはぷいと背を向けて、部屋を出て行こうとする。

「待って、ローザ！」

我に返ったアニエスは、慌ててクローゼットを開いた。

染色のための道具や布地、古い資料などをかき分けて、数少ないワードローブの奥に大切にしまっておいたものを出す。

淡いピンク色のドレスだ。

「それは……」

「そうよ。お母様が染めた、最後のドレス」

一般階級出身で職人だった母はまったく贅沢《ぜいたく》をしなく、手持ちのドレスもすべて義母から譲り受けたり自分で仕立てたものばかりだった。

色が褪《あ》せたドレスは、染め直すこともあった。どんなに質素で古い形のものでも、ひとたび母の手にかかれば、たちまち鮮やかな色に生まれ変わったものだ。

しかし、それらのドレスは母の死後、すべて手放してしまった。

仕入れの予算が、職人の給金が足りないたび、金に換わってくれたのだ。中には、父が愛人に贈るために持っていってしまったものもある。

だからこれが、本当に最後の一枚だ。

「色が褪《さ》めていたところは、私が染め直したの。よく見たらちょっとムラがあるんだけれど、じっと見ないと分からない……と思う」

最後にじっくりと検分してから、両手で優しく抱えたドレスを、アニエスは妹に差し出した。

「あなたのサイズに仕立て直してあるわ。ペレス領にも、短い夏はあるでしょう？　そういう時にぜひ着てね」

ローザは固まったまま、じっとそのドレスを見つめている。

「ローザ？」

「どうして？　これ、お母様がお姉様に遺したドレスでしょう？」

アニエスは微笑《ほほえ》んだ。やっぱりローザは誤解している。

「お母様が、私たちに遺してくれたものよ。それに、この色はローザに似合うわ」

プレトリウス家のような名門に嫁ぐのに、胸を張って着られるドレスの一枚も持たせてあげないわけにはいかないと、仕事が終わったあと、毎晩少しずつ直してきたのだ。

プレトリウス家には及ばないが、ペレス家もワグナー家から見ればずっと格上の名家である。きっとこのドレスが役に立つ機会があるはずだ。

「ローザ、私はお母様のかわりはできなかったかもしれないけれど、あなたが幸せになることを祈っているわ」

ローザは、赤い唇を白くなるほどに噛《か》み締《し》めた。

ドレスを奪うように受け取って、泣きそうな顔で言う。

「お姉様なんか嫌い。ずっとずっと、大嫌いだったわ」

翌日、ローザは家を出た。

遠い北部のペレス辺境伯家へと、嫁いでいったのである。

第二話　初夜

「アニエス様、こちらの絹糸、染め上がりました！」

アニエスはロッテのところに駆け寄ると、絹糸を摘まんで染まり具合を確認する。

「まあ、また手袋をしないままで。髪にまで染色液が着いていますよ！」

呆《あき》れ顔のロッテを受け流し、指示を追加した。

「あともう一回、染色液にくぐらせて。今度は三倍に薄めた液にね」

「三倍に？」

「ええ。前回は二倍で、少しだけ濃すぎたわ。きっと三倍がちょうどいい」

ロッテは肩をすくめて頷いた。

「まったく。アニエス様は染色については一切妥協しないからなあ」

「それ以外のことは衣食住、まったく構わないときているのに」

周囲の職人たちが、軽口を叩《たた》いて笑いあう。

アニエスも一緒に笑いながら、

「それじゃあみんな、今度は一緒にこっちでアカッチコガネを潰しましょう！」

抱えた籠の中にはガサガサと、固い甲羅の虫の死骸が大量に入っている。

「こんなにたくさんのアカッチコガネの甲羅が手に入るなんて、初めてだわ。ローザとトリスタン様に感謝しながら、みんなで一緒に潰していくのよ！」

この道三十年の職人たちが「うわあ」と悲鳴を上げるのを聞きながら、アニエスは艶やかな色の甲羅をうっとりと見つめた。


ローザが北へ嫁いでから、一週間が過ぎていた。

出発に際してトリスタンは、融資の前金としてまとまった金をワグナー家に残してくれたのだ。

（ローザのおかげだわ）

その金が直接父の手に渡っていたら、すぐにまた酒と賭け事に消えてしまっただろう。

しかしローザの働きかけで、トリスタンはアニエスに渡してくれた。

おかげで当面の借金を返済できたうえ、染色のための貴重な材料まで購入することができたのだ。

母のドレスを贈ってから、アニエスを無視したまま家を出てしまったローザ。

だけど、きっとローザなりに、家のことを心配してくれているに違いない。

（ローザ、どうか幸せに）

高く青い空に向かって、アニエスはそっと思いをはせた。

「こんなにたくさん甲羅があれば、今度こそできますかねえ、奥様の『赤』」

屋敷の前に広げた敷布の上に座り、虫の甲羅を潰して中身とより分けながら、ロッテがしみじみとつぶやいた。

「そうね。お母様の『赤』が完成すれば、きっと王国中の人が驚くはずよ」

アニエスが答えると、古参の職人が忌々しげに吐き捨てた。

「今度は大旦那様の『青』の時みたいに、ギルドに奪われないようにしないとな」

和気あいあいとしていた空気が、しんと静まり返ってしまった。

アニエスの祖父である先代のワグナー伯爵は、長い時間をかけて青色の染色剤を研究していた。誰にでも同じ青が出せる染色剤を手ごろな大きさのひと固まりにした「青の玉」を作り上げ、ワグナー家だけでなく、誰でも自由に使えることを目指したのだ。

しかし祖父の死後、その作り方と権利のすべてを、アニエスの父はギルドに売却してしまった。ホルガ・プレトリウスの口車に乗り、二束三文の値段で奪われた結果、今やギルドに高い使用料を払えるごく一部の者たちにしか使えない技術となってしまった。

「あれをあのまま使えていたら、今頃この南部の染色術は王国中に広まっていただろうになあ」

　残念そうに職人たちがため息をつく。

「誰でも気軽に染色を楽しめるように、って、大旦那様はいつもおっしゃっていましたからねえ」

　ロッテも懐かしそうに目を細めた。

　青の権利の売却後、気落ちをしていた職人たちを励ましたのは、アニエスの母だった。

　母は、今度は鮮やかな赤い色を作れる染色剤を固めた「赤の玉」を作ろうと呼びかけたのだ。

　彼女の死後はアニエスがそれを引き継いで、職人たちと共に完成を目指している。

「大丈夫よ。きっともうすぐ、お母様の『赤』も完成するわ」

　薄いピンク色ではなく、目が覚めるような鮮やかな赤。

　その色を出すのはとても難しく、貴重な材料と高度な技術が必須だとされていた。

　だけど、少しでも多くの人たちに自分に似合う鮮やかな色を楽しんでもらいたい。

　それが、亡き祖父と母、そしてアニエスたちの願いなのだ。

「こんなことを言ったらよくないですが、アニエス様が残ってくださって本当に良かった」

　甲羅の汁で手を真っ赤に染めた職人の一人が、ぼそりとつぶやいた。

「アニエス様がいなくなっては、ここの事業はとても回りませんよ」

そうだそうだ、と職人やメイドたちも頷き合う。みんな赤い汁まみれで、ちょっと異様な雰囲気ではあるが、アニエスは胸が熱くなるのを感じた。

「みんな、ありがとう。私はずっとこの家で、みんなと一緒に色を作っていきたいわ」

じんわりと熱くなる目元を手の甲で拭ってにっこりしたが、見回した職人たちは「うわあ」という顔をしている。

「みんな、どうかした？」

「アニエス様、手も服も、なんなら顔も真っ赤ですよ。眼鏡と手袋はどうしたんですか！」

「あ。忘れていたわ。どこに行ったかしら」

染色剤が顔や手に着くのを防ぐために、度の入っていない大きな眼鏡と手袋は母譲りの必須道具だ。しかし、一刻も早く作業をしたいアニエスはしょっちゅう忘れてしまうのだ。

「まったくもう。外出する時はきちんと付けるくせをして、肝心な時は忘れるんだから！」

ロッテが、前掛けを持ち上げてアニエスの顔をぐしゃぐしゃと拭いてくれる。

「やだもうロッテ、子供じゃないいんだから」

「子供じゃないからですよ。年頃のお嬢様なのに、もう」

桶《おけ》の近くに置きっぱなしだった眼鏡をアニエスに渡しながら、ロッテは呆れ顔である。

「こりゃ、アニエス様の結婚はまだまだ先になりそうだなあ」

職人の言葉に、みんなであははと笑った時だ。

屋敷の前、みんなが座り込むその正面に、馬車が滑り込んできた。

引く馬は四頭。白地に青と金色の刻印を掲げた、輝くばかりに立派な馬車である。

ワグナー家の人々の目の前で、その馬車は優雅に停止した。

すぐに扉が開かれて、中から青いロングコートを着た金色の髪の美しい青年が、カツンとブーツを鳴らして降りてくる。

それはまるで、輝かしいお芝居が目の前で唐突に始まったかのような、現実離れした光景だった。

職人も使用人もアニエスも、みんなぽかんと口を開けたままその様子を見守っている。

馬車から降り立った青年は、グレイの神秘的な瞳をアニエスに据えて、つぶやいた。

「見つけた」

さらに青年はコートの裾をひらりと捌《さば》き大股で近づいてくると、アニエスの身体を両腕で軽々と抱き上げてしまったのだ。

「ええっ⁉」

「遅いよ、アニエス・ワグナー。一体どれだけ僕を待たせたら気が済むんだ」

「セイラン様！」

先日プレトリウス公爵家の門前にいた家令が、セイランに続いて馬車から降りてきた。

「いきなりそんな、強引に。皆さんが驚いていらっしゃいます」

「いきなりってなんだよ。いつまでたっても来ないのが悪いんだ」

言い返したセイランは、腕の中で固まっているアニエスを見て微笑んだ。

「アニエス。迎えに来たよ。僕の花嫁さん」

呆然としていた使用人たちが、その言葉に一斉にどよめいていく。ロッテなど、腰を抜かしてしまったようだ。

セイランの、美しすぎる見かけによらず逞《たくま》しい腕の中に抱き上げられながら、アニエスは呆然と、彼の姿を見上げていた。

一体何が起きているのか、ちっとも分からない。

ただ、青い空とプラチナブロンドの髪がとても綺麗だと、やっぱりそんなことを思いながら。

*

その日の夕方。

アニエスは未《いま》だ呆然としながら、美しく磨かれた大きな鏡の前に立っていた。

あれから、あれよあれよという間に事が進んでしまったのである。

騒ぎを聞きつけてようやく外に出てきたワグナー伯爵は、プレトリウス家の次期当主が長女を抱き上げている光景に仰天し、ガウン姿のまま階段の最後の三段を転がり落ちた。

「ロ、ローザではなくアニエスですか……⁉　一体どういう……いや、いやいやいや‼」

目を白黒させながらプレトリウス家の家令から説明を受けたワグナー伯爵は、アニエスを引き寄せて「間違いでも何でもいいから早く行け！」と血走った目で急《せ》き立《た》てたものである。

「だけど、家の仕事が……」

「そんなもの、おまえごときがいなくても何とでもなる！　おおかた、ローザにフラれて頭がおかしくなっているのだろう。何でもいいからさっさと行って、あわよくばお手付きにでも何でもなってくるのだ‼」

そう喚《わめ》く父親によって、ほとんど追い出されるかのようにアニエスは、再びプレトリウス公爵邸に送り込まれてしまったのだ。


「今の服装も自然体で可愛いけど、この後の予定があるからちょっとそれっぽく仕立て上げて。王都から取り寄せたドレスもうちの宝石も、なんでも好きなだけ使っていい」

セイランが当然のように侍女たちに指示を出すので、アニエスは「とんでもない」と慌てたが、鏡に映った自分の姿にぎょっとして大人しく提案を受け入れた。

茶色いお仕着せだけでもこの屋敷に不釣り合いなのに、さらに両手はもとより鼻の頭や額、そして髪に至るまで、アカツチコガネの汁で真っ赤に染まっているではないか。

アニエスは侍女たちから風呂に連れていかれ、いい匂いのする石鹸《せっけん》でたっぷりと身体を磨かれ、柔らかなガウンを何枚も連続で着せられては脱がされて水分をぬぐい取られた。

オイルを使ってくしけずられた髪は、かつてないほどしっとりとまとめられた。さらに、まばゆいビジューが縫い付けられた青いドレスまで着せられていく。普段は最低限しかしていない化粧も、白粉《おしろい》から口紅まで色を吟味され、時間をかけて施してくれた。

丸く大きな眼鏡に度が入っていないことを驚かれ、外していいかと問われると、アニエスは頷くしかなかった。

すべて侍女たちに言われるがままに着飾っていったアニエスだが、最後にお願いして手袋だけはつけさせてもらった。

染色で色づいた指先が、この屋敷にはあまりにも不釣り合いだと思ったからだ。

侍女たちは、なにか言いたげな顔を見合わせつつも、艶やかな絹の手袋を出してきてくれた。

鏡の中には、自分ではないようなアニエスが立っている。

似合っているのかいないのかもよく分からない。あまりに落ち着かなくて直視すらままならないのである。

ソワソワしていると、部屋にセイランが入ってきた。

頭の先からつま先まで見られて、身の置き所がない思いがする。しかし暫《しばら》くの沈黙の後、セイランは満足そうに「いいね」と笑った。

少しだけホッとしたアニエスだが、続けてとんでもないことを告げられて固まった。

「これから、叔父さんたちと食事だから」

「えっ」

「プレトリウス公爵家をこの十年間いいようにしてきた詐欺師たちに、僕が南部の妻を娶ったと紹介してやるんだ。そうすればもうあいつらは、僕が爵位を継ぐことに文句が言えなくなるだろう。逆襲の第一歩に付き合ってよ」

「そんな大切な食事会なのですか⁉　ちょっと待ってください。出席者の方のリストを頂けますか。せめて名前を覚えなくては失礼にあたります！」

「大丈夫。君は何もせず、ただ僕の隣にいればいいんだから」

こともなげに言ってのけ、セイランはアニエスの手を取ったのだ。


結果として、出席者のリストは必要なかった。

食事会のテーブルに並ぶ男たちは全て、アニエスからは見覚えのある者ばかり。すなわち全員が、南部の綿花産業を取り仕切る、ギルドの重鎮たちだったからだ。

しかし彼らはその日、アニエスが見たこともないようなおもねった笑みを浮かべていた。

（人は、色々な顔をするものなのね）

自分よりも弱い者と強い者の前では、こんなにも態度が違うものなのか。

食事の最後、セイランは立ち上がり、不敵な表情で自分よりもずっと年かさの男たちを見渡した。

「それでは私とアニエス・ワグナー伯爵令嬢の結婚について、異論はないということで。今後とも、どうぞよしなによろしくお願いいたします」

その時になって、自分がいつの間にか彼の妻になっていたことに、アニエスはようやく気付いたのである。


「つ、疲れた……」

夕食後に通された寝室は、広くてやはり豪華だった。

しかし、屋敷の他の場所とは若干様子が違う。豪華ではあるが、華美ではない。

生成り色のカーテンは落ち着くし、若草色の絨毯は疲れた足をふんわりと包み込んでくれるし、まるで森の中にいるような香木の香りが心を穏やかにしてくれる。

檸檬《れもん》色のベッドカバーに腰を下ろしたアニエスが、ほうっと息を漏らした時だ。

「お疲れ様」

ハッと顔を上げると、部屋の扉の傍らに、セイラン・プレトリウスが立っていた。

紺藍色のガウンを羽織り、同色のズボンを穿いている。

アニエスも白いガウンを羽織ってはいるが、その下はすでに夜着である。菫色《すみれいろ》の絹製のナイティは、身体の線をやすやすと拾ってしまうものだ。

アニエスはガウンの前を掻《か》き合わせると、ベッドサイドに置いていた眼鏡をかけ、就寝用に使っている、綿製の白い手袋をはめた。

「いえ、何も気の利いたことが言えなくて申し訳ありません」

せめて、ああいう場での礼儀作法が身についていただけでも良かった。いざという時のためにと、しっかり仕込んでくれた祖父に感謝する。

アニエスが素直に詫びると、セイランは、形のいい唇を少し尖《とが》らせた。

「どうして、さっさと来なかったのさ」

「え？」

「約束しただろう。お詫びとして、余り者同士で結婚するって」

早口にそう言い、セイランはぷいと横を向いてしまった。プラチナブロンドの髪が、綺麗な横顔にかかる。

「お待たせをしてすみません。てっきり冗談だと思っていたので」

「冗談？」

「はい。結婚の申し入れなんて、セイラン様の冗談だとばかり」

セイランは、顔を上げてアニエスを見た。

「僕は、そんな冗談は言わない」

不快さを隠さない表情を浮かべる。

「そんな冗談で、その場だけ和ませるなんて詐欺師の手法だ。僕はそういうことはしない」

（あ……）

確かにそれは、ホルガ・プレトリウスのやり方だ。

「すみません」

「いいよ。別にいちいち謝らなくて」

「でも、今日の食事会のような大切な役割を、危うく放棄してしまうところでした」

セイランは両眉を持ち上げて、ため息をついた。

「いいんだ。どちらにしても、今夜の食事会については先に伝えるつもりはなかったから」

「え？」

「あの詐欺師どもとの食事会は、僕たちの結婚にはどうしても必要な通過儀礼だったんだ。どうせ回避できないなら、あらかじめ言っても君を緊張させるだけだろう。憂鬱《ゆううつ》な時間なんか、短ければ短いほどいい。だけど、だまし討ちみたいになったかな。ごめん」

アニエスの隣に腰を掛けて、足を組んだセイランは拗ねたような顔で謝った。

ない。


「セイラン様……」

この人は、いかにも傍若無人に自分のペースで進めているようでいて、実は違うのかもしれない。

「いいえ。謝っていただくようなことは、なにもありません。食事会も、怖いばかりではありませんでした。色々発見もありましたし」

「発見？　どんなこと？」

豪華な長テーブルに並んだ面々を思い出しながら、アニエスは慎重に言葉を選ぶ。

「皆様、ギルドの仕事をしている時と、私を見る表情が全く違っていました。取るに足らないものとして扱われていたのが、初めて、視界の中に入れていただいたような気がします」

「取るに足らないもの？」

セイランは、さっきよりもさらにずっと不快そうな顔になる。

「私は女ですから。それも小娘です。何を言ってもまともに取り合ってはもらえません」

それでも家業を継いだ最初のうちは、アニエスも諦めてはいなかった。納得ができない値付けや条件には食い下がったりもしたし、祖父の「青の玉」を返してもらいたいとも訴えた。

しかしホルガはそんなアニエスに馬鹿にしたような目を向け、その場しのぎのおためごかしを口にしては、まともに取り合ってもくれなかったのだ。

「ホルガ叔父さんのことは、南部のみんなが支持しているのかと思っていた」

「他の方のことは知りませんが、私は、あの方は嫌いです」

アニエスは、目を丸くするセイランを見つめてきっぱりと言い切る。

「あの方よりも、セイラン様の方が、ずっとプレトリウス家の公爵に相応《ふさわ》しいと思います」

セイランは、少なくともこうやって話を聞いてくれる。

やや強引なところはあるが、何よりも、瞳の奥に温かみがある。それは、ホルガには致命的に欠けているものだ。

「そういえば、セイラン様こそ、どうしてホルガ様のことを詐欺師だと……」

ぴくり、とアニエスは震えた。

セイランの手が、ベッドの上のアニエスの手に重ねられたからだ。

手袋ごしでも、彼の手の温かさが伝わってくる。

「セイラン様……？」

「アニエス」

気が付けば、額と額が触れ合うほどの距離にまで近付いていた。

どこか追い立てられるような真剣な顔で、じっと見つめられる。

グレイの瞳は、まるで夜空のように複雑な色をしている。その吸い込まれそうな美しさに、アニエスは見とれてしまう。

とんと唇が触れ合った。と思ったら、セイランは首を斜めにして、ゆっくりと唇を重ねてくる。

「ん……」

一度離れて、もう一度。

今度はさらに長く、セイランの唇が押し当てられる。

セイランの指と、アニエスの手袋の指が絡み合った。

「んっ……はっ……」

次に唇が離れた時には、アニエスの頬《ほお》は熱くなり、息が軽く上がっていた。

照れ隠しをするように肩をすくめて、セイランはアニエスの眼鏡を外す。

「これ、度が入っていないんだろ？　どうしてかけているの？」

「お母様が……染色剤が目に入るといけないからと……」

ふうん？　と肩をすくめて、セイランは眼鏡をベッドサイドテーブルに置いてしまった。

戸惑うアニエスの顔を見つめて、もう一度短く口付ける。

唇が耳元まで移動して、内緒話のように囁《ささや》いた。

「今夜は、さっきの親戚一同が、みんなこの屋敷に滞在しているんだ」

「え？」

「僕たちが本当に愛し合う夫婦なのか、彼らは疑っている。分かる？　今夜、僕はこの寝室から出られないし、新婚夫婦としての仲睦《むつ》まじい雰囲気を、せいぜい醸《かも》し出してやらなくちゃいけない」

（それは、つまり……）

アニエスの頬は一層熱くなり、胸がどくんどくんと鳴り始める。

もう一度、セイランはアニエスに口付けた。

「ん……」

「ただ遊戯盤でもして過ごそうかと思ったんだけど。だけど」

そのままベッドの上に、アニエスは押し倒されてしまった。

「ごめん。もう少しだけ」

反射的に胸の前で合わせた手が、左右に開かれてしまう。

ガウンの腰紐《こしひも》が解かれた。

菫色のナイティは、プレトリウス家の侍女が用意してくれた絹の高級品で、柔らかな布地がぴたりと身体の線を浮かび上がらせてしまうものだ。

「あっ……」

胸が、ナイティの上からふにゅりと包み込まれた。

「んっ……」

アニエスは眉を寄せ、唇をきゅっと噛《か》む。そうしている間にも、両手でもにゅもにゅと胸が揉《も》まれ続けている。

心臓が跳ねていることが、セイランの掌に伝わっていないだろうか。恥ずかしい。だけど意識すればするほど、一層鼓動が速くなる。

「あっ！」

すりすり、と指の腹で、布の上から胸の先端を擦られた。脚がピンっと伸びてしまって自分でびっくりする。

見下ろしてくるセイランと目が合った。かああと頬が熱くなる。

「……ごめんなさい、驚いてしまって」

「うん、いいよ。思うように反応して」

切羽詰まった声で囁かれて、アニエスは何と答えたらいいか分からなくなる。胸がどきんどきんと鳴っている。

もう一度、胸の先が擦られる。アニエスがピンと足を伸ばすと、もう一度。

すりすりと擦られているうちに、そこはぷっくりと熱を帯び、布地を持ち上げた。

はあっとセイランが息を吐き出す。

胸元のボタンが外されていく。やがて、素肌に冷たい空気が触れた。

(見られているの……？)

耐えられなくて、アニエスはきつく目を閉じた。

「……すごい」

セイランがつぶやいた。

身体を異性に見られるなんて、初めてだ。それも、こんなに綺麗なひとに。

きつく閉じたままの瞼《まぶた》の裏に、たくさんの花が浮かんで消えていく。

「あっ……」

胸の裾野から、セイランがつつっと指先で素肌をなぞり上げた。

「こんなに大きかったのか。さっきのドレスで少し思ったけど、気を付けないとね。他の男の視線を集めてしまう」

普段はざっくりとした作業用のお仕着せばかりを着ているので、あまり意識をしたことがないが、大きめなのだろうか。分からない。ただ、ただ、

(恥ずかしい……)

呼吸が浅くなりそうだ。なのに胸がドキドキとして、身体の奥がじんわりと熱くなってくる。

恥ずかしくてもう死にそうなのに、さらにセイランはアニエスの胸を指先でおもちゃのように弾ませて、くくっと笑った。

「ふ。可愛いな。ぽよぽよ揺れてる」

「や。は、恥ずかしいです……」

「そうだね。恥ずかしいくらいに可愛い」

急に、先端にぴりりと甘やかな刺激が走った。

思わず目を開くと、自分の胸の、ごく小さな先端にセイランが口付けているのが見えた。

「やっ……あっ……そんなところ……」

セイランの赤い舌が、アニエスの胸の先を下から舐《な》める。ピンピンと細かく何度も弾いて、器用な舌先で乳首を胸の中にむにゅりと押し込んで、そして甘く歯を立てる。

今度は反対の胸の先端だ。さっきまで舐めていた方を指先で挟んで弾きながら、反対側の乳首もちゅうっと音を立てて吸い上げられる。

「ふっ……あっ……うぅ」

「君の身体はどこも敏感で、白くて柔らかで滑らかで……素晴らしいね」

セイランは身を起こして、アニエスをじっと見下ろした。

ひたり、と長い指先を、アニエスの唇に当てる。

「唇も、白い喉も。柔らかな胸の膨らみも……頭がおかしくなりそうに可愛い」

「あっ……」

指先が、喉から胸の膨らみをなぞり、濡《ぬ》れた先端へとたどり着く。くるりとその周囲をなぞり、先端を胸の中に優しく押し込んで。

「それからもっと、君の身体の奥も……」

気が付けば、アニエスの寝間着はすっかり開かれ、白い裸体をセイランに晒《さら》していた。身に着けているのは下半身を覆う薄い下着一枚と、あとは……。

セイランの指が、アニエスの肘で止まった。白い手袋にたどり着いたのだ。

手袋の端に指をひっかけ、そのまま指先まで下ろしていこうとするのを、アニエスは反対の手で防いでしまう。

「だめ……」

声が掠《かす》れた。

色が重なって濃くなった指先を見られることは、恥ずかしい。だって、みんなが奇異の目を向けてくることを、アニエスはよく知っているから。

（ローザは、こんな指をしていないのに）

自分は、ローザのかわりにここにいるのに。

手袋を押さえて俯いてしまったアニエスを、セイランは黙ってじっと見つめた。

彼の瞳には不思議な力がある。グレイの瞳に捕らえられると、身体が熱く痺《しび》れて力が抜けていくようで……。

「セイラン様……あっ……」

アニエスは高い声を上げた。

セイランの指先が手袋はそのままに腕から離れ、アニエスの腹から臍《へそ》の周囲へと触れたからだ。

指先は腰のラインを触れるか触れないかのタッチでなぞり、太ももの内側へ滑り込む。

「っ……」

そして、両脚の奥へと行きついた。

その場所は、いつの間にか熱っぽく潤み始めていた。

下着の上から、アニエスの身体の中心に、セイランの指先が押し当てられる。

そのまま、ささやかな溝を布地の上からなぞられた。

上から下へ、そしてゆっくりまた戻る。さらに、もう一度。

くち、と湿った音がした。

「んん……」

喉を震わせるアニエスの耳に、セイランが口付ける。

「アニエス……」

指が、ついに下着の中へと入ってきた。つぷりと、アニエスの身体の奥に埋め込まれる。

「あっ……！」

「熱いな。指が溶けそうだ。すごく、熱くなっている……」

「んっ、あっ……ふっ……」

セイランの指が、さらに奥へと入ってくる。

なぞるように慎重に、アニエスの身体の奥を開いてくる。

「セイラン、様……」

はあっと息を吐き出して、セイランは身を起こすと紺藍色のガウンを脱ぎ捨てた。美しく引き締まった上半身を露《あら》わにして、もう一度息を吐き出す。

プラチナブロンドの髪をかき上げ、アニエスをじっと見下ろした。

「アニエス。ごめん。もう少しだけ。大丈夫、今日は最後までは、しないから」

指が二本に増えた。くちゅりと音を立てながら、奥へと入ってくる。入り口は狭く、だけど濡れた中は、どんどん指を飲み込んでしまう。

「あっ……ああっ……」

「内側も狭いな。すごく熱い。ああ、この凸凹しているところ、可愛いな……」

「セイラン、様っ……」

「アニエス？　なんだい？　言ってみて」

あえぐように息をして、アニエスは、震える声をようやくのことで絞り出す。

「……ぎ、偽装結婚というのは……どこまで、するもの、なのですか……？」

その瞬間、セイランの指の動きが止まった。

指だけではない。世界中でセイランの時間だけが停止してしまったように、彼の動きは完全に止まっている。呼吸もしていないようだ。

「セイラン、様……？」

不安になったアニエスが問いかけると、やっと唇が動いてくれた。

「偽装……？」

「は、はい……。ワグナー家としてプレトリウス家にできるお詫びとして、余り者同士で結婚すると……それは、偽装結婚……という意味かと……」

セイランは、黙ったままにアニエスを見つめている。

グレイの瞳を大きく瞠《みは》って、ひどく驚愕《きょうがく》したかのように。

アニエスは戸惑いながらも、必死で続けた。

「一族の方の目を誤魔化《ごまか》すためとはいえ、万が一、子でも出来てしまったら……そこは、慎重に契約を交わしておいた方がいいのでは……」

セイランはようやく瞳を閉じたと思ったら、そのまま俯いてしまった。

プラチナブロンドの髪がばさりと顔にかかり、表情すらも見えなくなる。

「セイラン様……？」

アニエスが不安になるほど長くそうしていたセイランは、やがて顔を持ち上げて、目をらんらんと光らせると、唇を笑みの形に曲げた。

「ごめんアニエス。さっきの言葉、撤回してもいいかな」

「え……？」

「君がそういうつもりでここにいるのなら、僕はやっぱり、今夜君を最後まで、ちゃんと抱かなくちゃいけない」

それは、どういうことですか。

そう問おうとしたら、下着が足から引き抜かれた。

「あっ……」

恥ずかしいところが剥《む》き出しになってしまう。とっさに隠そうとしたのに、何か固いものが押し当てられた。指ではない。もっともっと、大きなもの。

身体の中心に強い圧力を感じる。固い扉を押し開くような、圧倒的な力だ。

「えっ……」

とっさに、アニエスは腰を引いた。固いものから逃れようとした。

「逃げないで」

「ま、待ってください、子供が、子供が出来てもいいのかどうか、まだ」

「構わない」

足首が掴まれた。見えてしまう。焦って夜着の裾を抑える。

「あっ」

なのに、簡単に手が押さえ込まれた。固いものが再び押し当てられて、ぐっと押し入ってこようとする。

「むしろ、出来てほしい」

ずっと閉ざされていた場所に、しかしさっきから十分に解されていたその場所に、セイランが入ってくる。入り口からぐりっと中に入り、そのまま奥へと進んでくる。

「んんっ……セイラン、さまっ……」

アニエスはキュッと眉を寄せた。

「痛い？　アニエス……ごめん、ゆっくりする、から」

追い詰められたような顔で、セイランがアニエスを見つめている。

不遜で自信たっぷりで、なのにどこか不安そうなその表情が、アニエスの記憶を刺激した。

一面の、薄紅色の花畑。初めて出会った少年の姿。

（セイラン様……）

夢中で首を横に振り、アニエスは両手を伸ばしてセイランの首に回した。

アニエスの中に自身を据えて、しばらくじっと動かなかったセイランだが、やがて長く息を吐き出すと、ゆっくりと動き始めた。

下がって、じりじりとまた奥の方へ。そこでまたしばらくじっとする。

「あっ……んっ……」

二人が繋《つな》がったその場所から、じわじわと熱いしびれが、身体の奥に溜《た》まっていく。

「んんっ……」

痛い。圧力がある。違和感。

「アニエス……」

だけど、その奥に、なにか知らない感覚がある。
アニエスは、声を上げながらセイランにしがみつき、きつくきつく目を閉じた。
あの日の、薄紅色の花畑が瞼の裏に浮かんでくる。
そして、赤から青、白、緑、黄。
毎月のようにローザにあてて贈られてきた、花の色たちも。

(綺麗……すごく、綺麗)

母を亡くして無色になったアニエスの世界を、ふたたび鮮やかに染め上げてくれた、たくさんの色たち。

(セイラン、さま……)

その日、アニエス・ワグナーは、セイラン・プレトリウスに抱かれた。
たとえ、期間限定の偽装結婚にすぎないのだとしても。

世界を色付けてくれた人の、アニエスは妻になったのだ。

第三話　初めての色

「ローザ、大変。またホールにお花が置きっぱなしよ。放っておいたら枯れてしまうわ」

両腕に薄紅色の花を抱えて妹の部屋に飛び込んだアニエスに、鏡台の前に座ったローザは大儀そうに答えた。

「いいのよ。どうせ毎月届くんだし、捨てちゃってちょうだい」

「でも」

「ドレスや宝石でもあるまいし。あんなぼんやりした色の花は趣味じゃないわ。そんなに気になるなら、お姉様いつものように、お願い」

熱心に髪をとかしながら、ローザはこちらを見向きもしない。

アニエスはため息をついて、腕の中に咲くアカリユリの花を見た。

緑色の細い軸に、薄紅色のまっすぐな花弁。派手さはないが、背筋を伸ばして凛と立っている姿は、とても健気《けなげ》で好ましいと思う。一本一本の色は淡いが、これが一面に集まれば、まるで薄紅色の絨毯を敷き詰めたように幻想的な光景になるのだ。

ホールに戻ったアニエスは、丁寧に茎や葉の手入れをして、大きな花瓶に挿していった。

元々質のいい株から採れたものなのだろう。しおれかけていた花が、元気を取り戻していくのが分かって嬉しくなる。

「いい子たちね、偉いわ」

ふと、花に添えられていたカードが目に入った。

――ローザ　寒くなってきたから身体に気を付けて　愛を込めて　セイラン・プレトリウス

丁寧に書かれた文字をなぞり、アニエスはそっとため息をつく。

「セイラン・プレトリウス様……」

一度だけ会ったことがある。母が死ぬ直前、連れていってくれた花畑で。金色の髪にグレイの瞳をした、王子様みたいに綺麗な男の子。

(どうしてこの花を選んだのかしら。王都には豪華なものがたくさんあると聞くけれど、その中でも特に、この花たちを)

その美しさを色に変えて、惜しみなく他に分け与えることができる花たちを。

束《つか》の間《ま》そんなことを考えたアニエスだが、我に返って苦笑した。

この花は、自分に贈られたものでもないのに。

「ロッテ。新しい便箋と封筒があったわよね?」

分かっているのにどこか浮き立った気持ちで、アニエスは部屋に戻っていった。

「こちらが中庭です。三つのあずまやにはそれぞれテーマを設けておりまして、奥には大きな池もあります。橋や温室もございますから、後ほど行ってみましょうか」

*

プレトリウス公爵家にやってきてから三日後。

家令に案内されて、アニエスは城内を見学して回っていた。

「アニエス様は、どのような花がお好きですか？　庭師たちが知りたがっております」

庭園も完璧に整えられ、先が見えないほどに広い。季節ごとの花々が植えられた花壇にはアーチや噴水もあり、まるでおとぎ話の王宮のように華やかである。

「アニエス様？」

熱心に庭の草花を観察していたアニエスは、ハッと我に返った。

家令は、ハンネスという名だという。セイランの祖父の代から、もう四十年もプレトリウス家に仕えているそうだ。

ハンネスの隣には、手に麦藁《むぎわら》の帽子を持った日に焼けた男が立っている。庭師長のダンです、と彼はにこやかに挨拶をしてくれた。

「セイランぼっちゃまの奥様に花を献上することは、この城の庭師にとって夢だったのです。

どうか、ご遠慮なさらず」

セイランぼっちゃま、という響きに、アニエスは思わず微笑する。この城の使用人たちの多くは、十年前、幼いセイランが過ごしていた頃からここにいるのだ。

「アカリユリ……今の季節なら、アカリユリの花でしょうか」

「アカリユリ、ですか」

「はい。特に花びらがぴんとして、葉が瑞々《みずみず》しいものが。そういうものは、うまく煮出せば、とても綺麗な薄紅色を出してくれますから。特に、三回目の抽出の色味が私は大好きです」

アカリユリの素晴らしさをしばらく力説したアニエスだが、ハンネスとダンが驚いた顔をしているのに気づき、ようやく我に返った。

聞かれていたのは、ローザが部屋に飾りたがっていたような花の名前だ。間違っても、潰して染色に使うための材料となる花ではない。

アニエスは、コホンと咳払《せきばら》いをして付け足した。

「——もちろん、薔薇《ばら》や蘭《らん》も大好きです」

しかし、ダンはさも嬉しそうな笑顔になる。

「アカリユリもございますよ。城内ではないですが、公爵領の山の畑で、たくさん栽培をしております。そこでは、染色の材料となる花ばかりを植えておりますから、ぜひ若奥様も一度いらっしゃってください」

「山の畑？　そんな場所があるのですか？」

ダンの横で、ハンネスもにこやかな笑顔を浮かべる。

「はい。セイラン様のお母様である大奥様は、この地域に伝わる伝統的な染色技術をとても愛していらっしゃったのです。大奥様が作った花畑を、今も私たちは維持しております」

その瞬間、アニエスの目の前に薄紅色の花畑が一面に広がったような気がした。

（それはもしかして、あの時の……）

十年前、母に連れられてやってきた花畑だ。

少年時代のセイランと初めて出会った、見渡す限りの幻想的な景色。

（あの花畑が、今もまだ生きているなんて！）

「ぜひ、見に行きたいです！　今はどんな種類を植えているのですか？　土もとてもよかったし、日当たりもよくて、きっといい花ができているでしょう。どこかに卸したりは？」

「いえ、今は、あの場所の花を染色には使っていないのです」

確かにここ数年、プレトリウス家の当主代理であるホルガたちが染色のために使ってきたのは、アニエスの祖父から技術を奪った「青の玉」だけだ。

安定した色を安価に生み出せる「青の玉」を作るのに必要な花以外には、彼らは見向きもしない。

「そうですか。それは勿体《もったい》ないですね」

しょんぼりとつぶやいたアニエスに、ハンネスは悪戯っぽく片目をつぶった。

「いつでもお連れいたしますよ。お弁当を用意して、ピクニックがてらいかがでしょう。また改めて日程を組みますね」

思いがけぬ素敵な提案に、アニエスの胸は躍る。

（だけど、改めてっていつのことかしら）

果たして自分は、それまでここにいられるのだろうか。

三日前、この屋敷に来た最初の日、アニエスはセイランに抱かれた。

偽装結婚でそこまでするのかと驚いたし、それを確認もしたのだが、セイランは「むしろ偽装結婚だからこそしなくてはいけない」と謎かけのようなことを言い、アニエスの身体を開いたのだ。

生まれて初めてのめくるめく体験にアニエスは彼の腕の中でやがて意識を手放して、次に目を覚ました時にはもう、部屋にセイランの姿はなかった。

その日からプレトリウス公爵家の次期当主夫人としての生活が始まったが、セイランとは会えないままである。

ひと通り庭を回った後、ハンネスはアニエスをあずまやの一つに案内してくれた。

細い木を組んで作られた繊細な椅子は古いものだったが、手入れが行き届いていて、驚くほどに座り心地がいい。

「少し休憩しましょう」

侍女たちがハンネスの合図でどこからともなく現れて、お茶の準備を進めていく。

「この城は、長いこと主が不在だったのです」

美しいカップに豊潤な芳香の紅茶を注ぎ終わったところで、ハンネスは淡々と語り始めた。

「旦那様と奥様……セイラン様のご両親は、セイラン様が十二歳の時、立て続けにお亡くなりになりました」

それはよく知っている。だって、アニエスの母も同じ病で命を落としたのだから。

「両親を亡くしたセイラン様は、成人するまでを王都で過ごすことになりました」

「国王陛下が、姉の子であるセイラン様を不憫《ふびん》に思われたから、と聞きました」

しかしハンネスは、何とも言えない表情になる。

「セイラン様を、警戒されたからですよ」

「警戒？」

「セイラン様は、当時からとても美しく聡《さと》い子供でした。恐れながら、国王陛下の一人息子でセイラン様の従兄弟でもある王太子殿下よりも、次期国王に相応しいのではないかと言う者も多かった。なにより、セイラン様自身が玉座を狙っていると、根も葉もないことを国王陛下に吹き込んだ輩《やから》がいたのです。国中を襲った伝染病で家族を失い気弱になった国王陛下は、その戯《ざ》れ言《ごと》を信じてしまった」

アニエスは目を丸くして、ハンネスの言葉の続きを待った。

「両親を亡くした傷も癒えぬうちから十年間、セイラン様はほとんど王城から出ることも叶《かな》わない生活を強いられました。常に監視され、行動も厳しく制限されていた。私とはかろうじて対面が許されましたが、その時間も限られていた。あれは、緩やかな監獄です」

「監獄……」

「セイラン様は、十二歳の頃一度だけ会ったアニエス様のことをずっと想っていらっしゃいました。なのに今まで動くことができなかったのは、そういう理由があったからです」

ぱっと顔を上げたアニエスに、ハンネスはイタズラっぽい苦笑を浮かべた。

「ただ、毎月一度だけ、花とカードを贈ることはどうにか許されました。愛のメッセージを添えるのはひと苦労でしたがね。セイラン様の指示を受けて毎月花を手配して、セイラン様から密《ひそ》かに託されたカードと共にワグナー伯爵家に贈っていたのは、実は私なのですよ。女性が喜ぶのはもっと華やかな花ではないかと気を揉みましたが、セイラン様は、これでいいのだと言い張って」

赤、黄色、白、緑。セイランが贈ってくれた色とりどりの花たちが、胸に迫ってくるようだ。

（そんなにも苦労をして、あの花を贈ってくれていたなんて……）

ほろ苦く笑って、老いた家令はアニエスを見つめた。

「そして今年、セイラン様は成人された。それは、王太子殿下も同じです。殿下の王位継承が決まったことで、ついにセイラン様は自由を手に入れられたのです」

アニエスは王都に行ったことはないが、王城が古く、迷路のように複雑な造りをした広大な石の城だということは知っている。堅牢《けんろう》で冷たい城の奥に、ぽつりと佇《たたず》むセイランの姿が見えたようで、胸が詰まった。

「ですから、この城に真の主が戻るのは十年ぶりです。それだけでも喜ばしいのに、さらにこの地で、セイラン様はアニエス様を奥方にすることができた。プレトリウス家に仕える者として、これ以上の幸せがあるでしょうか」

ハンネスだけではなく、お茶を用意してくれた侍女たちまでもが、にこやかな笑みを浮かべている。

「そういう生活を送ってきたためか、セイラン様はああ見えて少し不器用で、アニエス様を戸惑わせてしまうこともあるかもしれません。だけどどうか、気長に見守っていただきたいのです。なんせ、セイラン様にとってアニエス様は特別な方なのですから」

アニエスは、血の気が引くような気持ちでカップの中に視線を落とした。

(ちがうんです。セイラン様が好きだったのは、ずっと花を贈っていたのは、私じゃない。ローザなのに！)

不自由な生活の中、それでも十年間、ひと月も欠かすことなくセイランが花と愛のメッセージを送り続けてきた相手は、アニエスではなくて妹のローザなのだ。

ハンネスの目が赤くなっている。侍女たちも、そっと目頭を押さえている。

(偽装結婚は、もうとっくに、私たちだけの問題ではなくなっているのだわ)

今更ながら、アニエスはそのことを痛感した。

この結婚を喜ぶ者も疎ましく思う者も。多くの人々の感情を巻き込んで、それでも走り始めてしまった偽装結婚。その重みを思い知る。

ハンネスは、切り替えるように明るい声を出した。

「アニエス様、午後は何をして過ごしましょうか。図書室に行かれますか？　それともデザイナーを呼んで、ドレスでも新調いたしましょうか」

それなのに、プレトリウス家の人々はこんなにもよくしてくれる。

「私がしたいことは――……」

心を落ち着かせなくては。

アニエスは胸元に手を当てて、今一番欲しいものを言葉にした。

＊　　＊

ぴちゅちゅ、と窓枠に乗った小鳥が跳ねる。

執務机で報告書を呼んでいたセイランは立ち上がり、常備しているパンくずを袋から出すと掌に載せて窓を上げた。

指先で鳥たちの嘴《くちばし》と戯れることで、少しでも冷静さを取り戻したかったのだ。

しかし、執務机の上に重なった報告書が目に入ると、再び胸がざわついて、怒りに満ちたため息を吐き出してしまう。

十二年前、質のいい青色を安定供給できる技術を開発したことでホルガ・プレトリウスは名を上げた。

染料を独自の手法で組み合わせて作る美しい藍色は、王都でも人気を博したものだ。

その功績もあり、ホルガは当主代理の座に就いた。ホルガの兄でありセイランの父でもある、プレトリウス家の前当主が亡くなった時のことである。

以降十年間、ホルガはあの手この手でセイランから次期当主の座を奪い取ろうと、画策してきた。

(あいつが、染色の技術なんかを開発できるはずがない)

ずっと疑わしく思っていたセイランは、南部に戻るとすぐに調査を始めたのだ。

案の定「青の玉」を作る技術を開発したのはホルガたちではなかった。

誰にでも安定して同じ色を出せる類まれなる技術を作ったのは、トマス・ワグナー。

先代のワグナー伯爵で、アニエスの祖父である。

それを、信じられないような安価で買い取ったホルガたちが、自分たちのものとして、巨額の富を得ているのだ。

――とるに足らない者として扱われていましたから。

先日のアニエスの言葉を思い出し、セイランの胸には抑えきれないほどの怒りが渦巻いた。

(あの詐欺師野郎)

絶対に、正当ではないやり口で技術を奪い取ったのだ。

それを訴えたアニエスを、あの二枚舌で丸め込もうとしたのだろう。

アニエスは、たった一人でそんな理不尽に立ち向かってきたのか。この閉塞的な南部で。

(くそっ……どうして僕は十年も、彼女から離れていないといけなかったんだ)

側にいれば、彼女を守ることができたのに。

(そうだ。側にいさえすれば、そもそもこんな……とんでもなく、ややこしいことになんか、ならなかったはずなのに)

――私は……ローザの姉の、アニエスと申します。

あの日、城の前で十年ぶりに姿を見た彼女がそう名乗った時、頭が真っ白になった。

そして、瞬時に理解したのだ。

自分が、アニエスの名前をローザだと思い込んでいたことを。


今から十年前。

十二歳だったセイランは、母から連れ出された花畑で、その少女と出会った。

花の汁が指先や頬につくこともいとわずに、地面の上に膝をつき、一人で熱心に花を観察する少女。

一目見てまず惹かれた。

銀色のふわふわとカールした髪は柔らかそうだし、緑色のつぶらな瞳は愛らしい。やけに大真面目に花をみつめている、その表情も面白い。

要するに、とっても可愛いと思ったのだ。

しかし少女は、セイランが隣に立っても、自分から話しかけてはこなかった。

セイランがプレトリウス公爵家の次期当主だということは、さっきハンネスが紹介してくれて知っているはずなのに。

——この花からは、綺麗な赤が採れるんだろう?

だから、母から聞きかじった知識を披露しつつ声をかけたのだ。たいていの女の子は、セイランがこうやって声をかけると喜ぶから。

しかし少女は、むしろ邪魔してくれるなというような口調で返事をした。

——この花から採り出せるのは、主に茶色ですよ。

そのまま顔も上げない少女の姿にも、彼女の言った内容にも、セイランは驚いた。

——嘘《うそ》だね。お母様が赤だって教えてくれたんだから。

——では、あなたのお母様は赤色を出せたのですね。きっと腕がいいのです。私はなかなか出せなくて。でも、茶色も面白いですよ？　鮮やかな色を引き立たせてくれます。

それから、少女はその花についていろいろなことを教えてくれた。

名前を「アカリユリ」ということ。一番よく色が出るのは、実は茎からであること。花や根からも色は出せるが、その時の気温や水温、季節や時間、そして何より染色者の腕によって、出せる色が変わってくること。

——同じ植物の中に、そんなにたくさん色があるのか。

——はい。面白いですよね。ちなみに綿や絹、毛など、何を染めるかでまた色は変わります。

確かに面白い、とセイランは思った。

少女は、足元を這《は》う虫を臆せず摘《つ》まみ上げてにんまりした。

——お母様が教えてくださいましたが、遠い国の砂漠や氷河には、目が覚めるほどに鮮やかな赤が採れる虫や貝殻があるんですって。

——虫から？

ちょっと臆しながら差し出したセイランの指に、少女は虫をちょんと乗せた。

——不思議ですよね。ひとつの命の中にも、たくさんの色があるのです。

少女は笑った。

土を頬に付けたまま、ニコニコとした顔を無防備に向けてくる少女から、目が離せなかった。

彼女の背後で、薄紅色の花々が一斉に揺れる。


しかしその日、彼女に名前を聞くことはできなかった。

名前を教えてくれ、と言わなくては。そう思ったが、あまりに胸がドキドキして切り出せなかったのだ。

男から名前を聞くのは情けないことだろうか。もう少し格好良く聞く方法がないだろうか。むしろ、彼女の方から名前を聞いてもらえるように仕向ける方法はないだろうか。

そんなことをうだうだと考えているうちに、いきなりハンネスが「奥様が呼んでいます」とセイランを迎えに来てしまった。

母がずっと育てていた花の蕾《つぼみ》がついに開いたという話を適当に切り上げ、慌てて元の場所に戻った時には、彼女は既にいなくなっていたのである。

——さっきまでここにいた、銀色の髪の子の名前は何だ？

ちょうどそこを通りかかった少女に、セイランは尋ねた。

明るい金色の髪のその少女が、セイランが銀色の髪の少女のもとから離れた時、入れ替わりで彼女に話しかけたのを覚えていたからだ。

少女は一度目を大きく見開き、まじまじとセイランを見つめてから、はっきりとこう言った。

――ローザ・ワグナー。彼女の名前は、ローザ・ワグナーです。

長く重い息を吐き出し、セイランは両手で顔を覆った。

自分には、そういうところがある。格好つけて、すべてを分かったような気になってしまうところが。

あの時点で、ハンネスに裏を取らせればよかったのだ。

あの子はどこだと騒いで探せばよかったのだ。

いや、そもそもあのままセイランが南部に居続けられれば、何も問題はなかったのだ。

きっと彼女とも、すぐに再会が叶っただろう。そうすれば、名前を間違えていたことも大した問題にはならなかったに違いない。

しかし、そうはならなかった。

その直後、セイランの両親が立て続けに病に倒れ、帰らぬ人となったのだ。

呆然としたまま日々は過ぎ、喪も明けぬ中、セイランは王都へと呼び出された。

優しかったはずの国王は、セイランが王位を狙っているという妄想に取り憑《とつ》かれていた。そうしてセイランは、王城に軟禁されてしまったのである。

なんとそのまま、十年間も。


王をそそのかしたのは、幼い頃から信頼していた父の弟のホルガだった。

何の不自由もないように見えて、少しの自由もない生活。

多くの者たちが、外に連れ出してやる、助けてやるとセイランに申し出てきた。

そのたびにセイランはすがるようにその言葉を信じたが、ことごとく裏切られていった。

彼らは王に対する忠誠心を誇示するためにセイランを利用しようとする者だったり、ホルガと通じていて、公爵家の爵位継承をセイランに諦めさせようとする者だったりした。

そんなことが繰り返されるうちに、セイランは誰のことも信じられなくなっていった。

怯《おび》えたような目を向けてくる国王も、無神経に笑いかけてくる従兄弟の王太子も、そして心配してたびたび面会に来てくれる、老いた家令のことまでも。

誰にも本心を見せないようにして、平気なふりをすることで、自分を守るしかないのだと、セイランはそう思うようになっていた。


——不思議ですよね。ひとつの命の中に、たくさんの色があるのです。

しかし、完全に心を閉ざしかけた時、思い出したのはあの少女の言葉だった。

一つの花から、たくさんの色が採れる。

花から、葉から、茎から、根から。全然違う色が出る。環境によって、全く変わる。彼女はそう言っていた。

ならば、人間も同じなのだろうか？

人の心の中にも、様々な色の想いがあるのだろうか？

今はセイランの声に耳を貸さない国王も、いつか違う色を見せるのだろうか？

愚鈍にしか見えない王太子も、セイランが仲良くしたいと思えるような色を隠しているのだろうか？

そして何より、どんな色も失ったような気がするセイラン自身の内側にも、新たな色を作り出すことができるのだろうか。

セイランは、ハンネスに頼んで花とカードを手に入れた。

ハンネスが裏切って手紙の内容を王に知らせるかもしれないから、最小限の文字数で。だけど、彼女が興味を持ってくれそうな、いい色が採れそうな花を添えよう。

祈るような気持ちで、それを彼女に贈った。

礼状が届いた時は、久しぶりに喜びの声を上げてしまった。

短いが優しさに溢《あふ》れた文面も、真面目そうな文字のひとつひとつさえも、彼女の印象にぴったりだと思った。

月に一度のやり取りを繰り返すうちに、セイランは周囲と向き合う勇気を取り戻していった。

国王がセイランを見つめる目から不快感を取り除くのに三年かかった。さらに警戒心を取り除くのに二年。

その頃にはセイランは、王太子と笑いながら話ができるまでになっていった。

相変わらず、人を信じることは怖い。裏切られた時のことを考えて、無意識のうちに心に予防線を張ってしまう。

（だけどいつか、南部に戻った時のために）

その時、自分は彼女に会いに行くのだ。

それはいつしか、セイランにとってたった一つの目標となっていた。


二十二歳になって成人を迎えた今年。ようやく、その時が来た。

子供の頃の病弱さを乗り越えた王太子が、隣国の王女との婚約を発表したのだ。

玉座を息子へと繋ぐ算段が付いた国王は、つきものが落ちたように、セイランが南部へ戻ることを了承してくれた。

晴れてセイラン・プレトリウスは、プレトリウス公爵家の正統な後継ぎとして十年ぶりに動き出したのである。

セイランは、さっそくカードに「結婚してください」としたためた。

南部に戻ってすぐ、ワグナー伯爵家の娘と北の辺境伯との縁談がまとまりかけているという噂を聞いた時は、肝が一気に冷えたものだ。

しかし、それがアニエス・ワグナーという名前も聞いたことがない長女の話だと知り胸をなでおろした。

とにかくローザに会いに行こう。待たせていたことを詫びて、すぐに結婚式だ。


十年前に出会った少女が城の前に立っていたのは、まさにその日のことだった。


ローザ・ワグナーは、アニエス・ワグナーだった。

おそらくあの日、セイランがアニエスの名前を聞いた少女が、彼女の妹のローザだったのだろう。ローザは、とっさに自分の名前をセイランに教えたのだ。

地団太を踏みたくなるが、今更どうしようもない。

アニエスは、セイランが想いを寄せるのが妹のローザだと心の底から思い込んでいる。

とんでもない運命の悪戯にめまいを感じつつ、しかしセイランは、まだ最悪だとは思っていなかった。

だってアニエスは、まだ誰とも結婚していないのだから。

年頃の貴族令嬢とは思えないほど地味な服装に手袋までしているが、アニエスが着れば可愛い。なぜか度の入らない大きな眼鏡をしているが、それも似合っていて可愛い。驚いた顔も、やけに真面目に話を聞く表情も、緊張しながらも一生懸命言葉を選んで話してくれるところも変わっていなくて、あと可愛い。銀色の髪は相変わらずふわふわで、どんな絹糸よりも柔らかそうで可愛い。

そして何より、二十二歳の女性としても、アニエスはたまらなく魅力的に見えた。

(結婚するしかない)

再会の瞬間からセイランは決めた。それも今すぐにだ。

もう二度と、彼女が他の男に奪われたのではないかという恐怖を味わうのはごめんだった。

妹の不義理に恐縮し、「お詫びになるなら何でもします」などと軽率に口にするアニエスは、ひどく無防備で危なっかしかった。

(こんなの、僕が悪い奴《やつ》だったら簡単に騙《だま》されてしまうじゃないか)

悪い男でなくて本当によかった。

他の男に騙される前に、セイランが救ってやらなくては。

だから、その場で彼女と結婚の約束をしたのだ。

一週間後、なかなかやってこないアニエスを屋敷まで迎えに行き、親族たちとの会食で「僕の妻は可愛いだろう」と存分に見せつけて、弾む足取りで彼女の寝室に向かったのに。

（なのに、あんなことになるなんて）

三日前の夜、セイランはアニエスを抱いた。

本当は、少しずつ距離を縮めるつもりだったのだ。

急激な環境の変化に彼女が戸惑っていることは分かっていたので、まずは王都から持ってきた遊戯盤などを楽しんで、この十年についていろいろな話を夜通しして……と目論《もくろ》んでいた。

いや、違う。

そんな気持ちは、寝室で彼女の姿を見た瞬間から吹き飛んでいた。

彼女に触れたかった。

十年間、片時も欠かさず思い描いた温《ぬく》もりがすぐそこにあるのだ。

自分の中にこんなにも獰猛《どうもう》な想いがあるのだと、セイランは驚愕した。

たとえるなら、圧倒的に鮮やかな色だ。

灰色だったこの十年間に、いきなり塗り重ねられた鮮やかな色彩。

それが彼女の唇であり、まなざしの光であり、セイランの名を呼ぶ声であり、そして火照って染まる肌だ。

アニエスが欲しくて欲しくて、この手の中に彼女がいることを確認したくてたまらなかった。

彼女の身体をまさぐって、もどかしさの中で服を剥《む》いて、口付けて、そして押し倒した。

まるで嵐の中の船を、必死で操舵《そうだ》するかのように。欲望と愛情に溺れるように、セイランはアニエスの身体をまさぐった。

しかし、さすがに最後まで至るつもりはなかったのだ。

どうにか堪えようとしたその瞬間、アニエスがあんなことを言わなければ。


――偽装結婚なのに、ここまでしてもいいのでしょうか。


一瞬、何を言われたのか分からなかったが、理解すると同時に、冷たい水を頭からかぶせられたような気持ちがした。

アニエスは、この結婚を偽装結婚だと思っている。

(待ってくれ。どこで間違えた?)

考えてみれば当然だ。セイランが十年間花を贈っていたのはローザ・ワグナー。

それが間違いだったことを、ちゃんと説明できていない?

待て。落ち着くんだ、セイラン・プレトリウス。

名前を間違えていたことを伝えればいい。

(いや、それじゃ駄目だ)

アニエスは、妹の裏切りを償うためにここにいる。

元々セイランが自分を好きだったと知れば、妹の裏切りなど存在しなかったと分かれば、アニエスがここにいる理由がなくなってしまう。

アニエスは呆《あき》れて愛想を尽かして、出て行ってしまうのではないか。

王城にセイランを置き去りにした、多くの者たちのように。

(嫌だ。そんなことは耐えられない)

ならば彼女を絶対逃がさないように、自分のものにしてしまえばいい。

結局その夜セイランは、欲望の船から下りなかった。

何も知らないままのアニエスを、偽装結婚だと思っているアニエスを。

セイランが自分の妹のことを愛していると信じているアニエスを、そのまま抱いたのである。


ハッと我に返ると、袋の中のパンくずをすべて窓枠にばら撒《ま》いてしまっていた。

仲間を呼んだのか、次から次へと新しい鳥が集まってくる。

「もう後戻りできないんだ」

自分に言い聞かせるように、セイランはつぶやいた。

きっと今頃アニエスは、すでにセイランに絶望して、偽装結婚すら続けられないと嘆いているに違いない。

この十年間で、ホルガたちによって悪趣味な装飾品に飾り立てられた、派手なだけのこの城。

さらにあんなふうに好きでもない男に身体を開かれて、耐えられるはずがない。

（そうだ……ならば、いっそ）

彼女をこのまま、閉じ込めてしまうしかない。

そうしてじわじわと追い詰めて、正常な判断力を奪い、セイランのことを好きになってもらえばいい。

十年間かかって、やっと手に入れたのだ。

彼女の心を奪うことにもう十年かかっても、何の問題もないではないか。

（それしかない）

それ以外にアニエスの心を手に入れる方法など、もう残されていないのだから。

（たとえ、どんな手を使っても）

空の袋を握りしめ、セイランは大きなため息を吐き出すと、窓際からぷいと離れた。

*　　*

アニエスが欲しいものを相談すると、庭師とハンネス、そして侍女たちは顔を見合わせて、すぐに物置へと走ってくれた。

次々出されてきたものに、アニエスは胸を躍らせる。

大小さまざまな鍋に、古びているが漉《こ》し布もたっぷりとあった。

「ホルガ様にはすべて処分するようにと命じられたのですが、使用人たちでこっそり隠しておいたのです」

ハンネスが胸を張る。

「使えますか？　私たちには、よく分からなくて」

「もちろんです。全部、とても保存状態がいいです」

ハンネスの説明では、セイランの母は南部の染色技術に魅了され、自分でもやってみたいものだと、様々な道具を集めていたという。

「加熱をしたいのですが、外に、火を熾《おこ》せる場所はありますか？　水もたくさん使いたいのですが……」

「ありますよ。まさに奥様が昔、そういう場所をお作りになりました！」

年かさの侍女が、ぱんと両手を打ち合わせる。

「井戸が三つもあるのです。下水の処理も万全です」

「だけどアニエス様、肝心の染料となる草花がありません。この屋敷に植えていた染色用の植物は、ホルガ様の命令ですべて抜いてしまっていて……」

庭師たちが心配そうに聞いてきたので、アニエスは笑って地面に膝をついた。

「ありますよ！」

これです、と小道の脇に群生した、緑色の葉を指で示す。

「えっ……」

「これは、ただの雑草なのでは？」

手入れの行き届いた公爵家の庭だが、裏庭の小道沿いにはそこかしこに名も知られぬ草が生えている。

「これは、ヒノクレナイです」

明るく言って、アニエスはその草を引き抜いた。意外なほどに長く太い根が、ぞろりと地面から顔を出す。

「使うのは、この根っこです」


採集した根をよく洗い、大きな鍋で煮出していく。

「お酢を入れたら、色が鮮やかになるんです」

煮出した液体を布で漉し、残った根に水を加えてさらに加熱する。

「もう一度繰り返すのですか？」

額の汗をぬぐって侍女が言った。アニエスの生活の手伝いをしてくれるメイドのドリスだ。年齢はアニエスよりも一つ年上の二十三歳だという。

「一度ではなくて、あと五回です」

アニエスが答えると、ドリスは瞳を丸くした。

「だって見てください。この根っこ、一度煮出したくらいでは、全然色が落ちていない。十年間、ここで命を繋いでくれていたのを抜いたんだもの。とことんまで色を引き取ってあげないと申し訳ないわ」

きっと雑草のように見えたから、抜かれることなく済んだのだ。

そうやって息を潜めて十年間、アニエスがここに来るまで待っていてくれた。愛《いと》おしくてほおずりしたくなる。

いや、思わずほおずりしてしまった。

「あら、アニエス様ったら、ほっぺたが赤くなっています！」

そう言って笑うドリスの鼻の頭も真っ赤である。

「アニエス様、こんな布でよろしいのですか？」

侍女たちが、両手に綿の布巾を抱えて現れた。

「絹の布地もありますが」

「大丈夫です、これで十分」

さすがプレトリウス家、布巾とはいえいい布だ。

ミョウバンや草木の灰といった媒染剤があればより色が定着するのだが、今日は、そこまでの用意はない。

（ヒノクレナイさんたち、ごめんなさい。だけどまずはあなたたちの自然の力を見せてね）

心の中で話しかけながら、アニエスは布巾を綺麗な水で濡らしていく。

そうしている間にも、ハンネスや庭師たちが体中真っ赤になりながら液体を布で漉している。

大鍋を持ち上げたハンネスが、うめき声を上げた。

「う、これはなかなかに重労働ですな！」

「ハンネスさん、私がやります！」

「いえいえアニエス様、とんでもない。これでもセイラン坊ちゃまを、三歳になるまで毎晩抱っこして寝かしつけた実績が……」

「何の騒ぎ？」

「セイラン様⁉」

ハンネスを後ろから覗き込むように、セイランが立っていた。鞘《さや》に収まった片手剣を持っている。

「気分転換しようと思って出てきたら、みんなが何だか盛り上がってるみたいだったから」

セイランが手にした片手剣を見て、ハンネスは悲鳴のような声を上げる。

「セイラン様！　剣の練習は危ないですから私がいるところでしてくださいと、いつも申し上げているでしょう！」

「うるさいな。心配しすぎだよ」

面倒くさそうにセイランは返す。やはり、よほど剣の扱いが下手なのだろうか。

アニエスは、慌ててセイランに謝った。

「騒ぎ立てて申し訳ありません！」

「いや、別に全然」

二人の目が合う。あの夜以来初めて顔を合わせたことに思い至って、アニエスは俯いた。

「セイラン様も一緒にどうですか？　アニエス様に、染色の手ほどきを受けているのですよ！」

気まずい空気を打ち破ったのは、ハンネスの大きな声である。

セイランも、ほっとしたように剣を置き、白いシルクシャツの袖をまくり上げた。

「ハンネス、お前、また腰をやるぞ。交代だ」

はいはい、と場所を空けたハンネスのかわりに、セイランは軽々と大鍋を持ち上げる。

先日抱き上げられた時も思ったが、剣は苦手でも意外と力はあるようだ。

「どこに移すの？」

「あ、こちらです！」

慌てて漉し布を取り換えて、アニエスは鍋の前に膝をつく。

「私が押さえておきますので、ざーっと流してくださいませ！」

「ザーッと一気に？　いいの？」

「はい、思いっきり！」

セイランは、染色液を流し込む。一滴がアニエスの額に跳ねた。

「ありがとうございます！」

見上げたアニエスをまじまじと見つめ、セイランはぷっと噴き出す。

「君、顔のあちこちが真っ赤に染まってる。額までだ」

「えっ。ほんとですか」

思わず両手で頬を抑えてしまった。手袋についていた液体が、さらにべっとり顔についてしまう。

その様子を見て、セイランは我慢できないというように笑い出した。

「セイラン様、ぼーっとしている暇はないですよ。あともう一度同じことをするのです」

ハンネスがせかしてくる。

「ふうん。じゃああとは僕がやるから、アニエス教えて」

「はい！」

六回漉して抽出した染液に水を加え、火に掛ける。

布巾を浸してさらに温度を上げて、沸騰直前で引き上げるのだ。

「温度の加減はどうやって決めるの？」

「勘です」

アニエスはきっぱりと言い切った。

「温度も、染料の分量も、一応目安はありますが、季節や気候によって差も出ます。最後は職人の経験による勘次第です」

真剣に火加減を見つめながら、アニエスは答えた。

「それを身に着けるまで、どれくらいの修行を……」

「すみません、ちょっと黙っていてください。あっ今です‼」

引き上げて人肌のお湯で引き締めて、両手で優しくすすいでいく。

(思ったより綺麗なピンク色が採れたわ。よかった。土がいいのかしら。うちの畑で作ったものより力が強いみたい)

染まった布をうっとりと眺めていたアニエスだが、自分がセイランに投げつけた言葉をようやく思い出して、ハッと我に返る。

「す、すみません。私ったら、黙っていてなんて！」

慌てるアニエスに、セイランは一度瞬きして笑った。

「懐かしいな。君と初めて会った時みたいだ」

「え……」

「あの時も君は草木の観察に夢中になっていて、話しかけてきた僕を鬱陶しそうに無視したんだよ」

そうだっただろうか。

とても綺麗な男の子と話をしたというだけの自分の記憶は、ずいぶんと都合よく改ざんされたものだったらしい。

「そ、その節も……申し訳ありません」

くすくすと笑い出したセイランは、やがて腰を折り、声を上げて笑い始めた。

その様子をぽかんと眺めていたアニエスと使用人たちだが、やがてドリスがハッとしたように両手を打つ。

「アニエス様、染色液はまだ残っていますよね？　私、白いクロスやテーブルランナーなどを持ってきてもいいでしょうか。この色でぜひ染めたいです！」

「えっ。でも、そんなきちんとしたものを染めるなら、もっとちゃんと準備をしてから……」

慌てたアニエスが止めようとした時。

「十分だよ」

立ち上がったセイランが、ばさりと白いシャツを脱ぐ。

光を眩《まぶ》しく受ける真っ白なシャツが、風に泳ぐように揺れた。

「次に染めるのはこのシャツだ」

「えっ……そんな！」

一体いくらするのか分からないほどの高級なシルクシャツを、セイランは一切の躊躇《ちゅうちょ》なく水にひたしてしまった。

「セイラン様、そんな、いくらなんでも」

「君がこの屋敷で最初に作ってくれた染色液、一滴も無駄にさせないよ」

上半身裸のまま煌《きら》めく瞳で見つめられて、アニエスの胸はどきんと鳴る。

と思ったら、セイランはひとつくしゃみをした。

「セイラン様、また格好つけて、もう……誰か、着替えをすぐに！」

ハンネスの指示で、侍女の一人が屋敷に走る。

しかし彼女が持ってきた新しいシャツも、セイランはすぐに染めてしまおうとする。

その頃には、セイランの頬にも赤い染色液がついていて、その姿にアニエスも声を立てて笑った。

（こんなに楽しいのは、いつぶりかしら）

ワグナー家の職人たちと仕事をするのも、もちろん楽しかった。

だけど、こんなにワクワクするのは。

草木から、思いがけない色が生まれることを、こんなにも楽しく思うのは。

（お母様から、染め方を教えてもらった頃以来だわ）

あの頃ローザと二人、アニエスは息を詰めて母の手元を見つめていた。

まるで魔法のように生まれてくる、美しい色たちを。

もしかしたらこの場所でも、今まで知らなかったような新しい色が生まれるのかもしれない。

アニエスは、ふとそんなふうに思ったのだった。

第四話　好き

その日プレトリウス城を訪ねた客は、次期当主とその妻、そして使用人たちが真っ赤に染まっている様子を見て腰を抜かしたという。

夕方までかけて布やクロス、そしてセイランのシャツを三枚もピンクに染めた後、アニエスは浴室で身体を洗った。

今夜は一緒に食事をするとセイランに告げられている。親族との食事会以来初めてのことだ。

「あの……公爵夫人として相応しい支度をしたいのですが」

遠慮がちに相談すると、ドリスは目を輝かせてくれた。

やがて運ばれてきたカートに掛かったたくさんのドレスは、どれも見とれんばかりのものだ。

自分が着ると思うと怯《ひる》んでしまうアニエスだが、ドリスの助言を取り入れながら、その中からどうにか翡翠《ひすい》色の夜会服を選び出した。

「さすがです。アニエス様の瞳の色にぴったりですわ」

「そうですか？　よかった。ネムノクサの花弁から採った色かしら。とても澄んだ緑だわ」

「色が何から採れたのかは存じ上げませんが、王都で今、人気の色です。王太子妃殿下がお召しになったということで」

隣国から来たばかりの王太子妃は、とてもお洒落《しゃれ》な方だという。

彼女がまとったドレスの色や形は、すぐに人気になるのだと、ドリスは楽しそうに話してくれた。

「このドレスは、胸元のカットがとても美しいのです。少々お待ちくださいね！」

さらにドリスが出してきたのは、王都で最近流行しているという最新型のコルセットだ。

「セイラン様から、アニエス様の身の回りにはいくらお金をかけてもいいと申しつかっているのです。王都からもいろいろ取り寄せていますので、楽しみにしていてくださいませ」

腰をキュッと絞られて、胸の下をギューーッと縛られる。ふっくらと胸が持ち上がり、鏡の中のアニエスの真っ白な胸元に、綺麗な谷間が刻まれた。

「アニエス様の髪は、とても美しいですわ」

最後に、ドリスは髪を丹念に手入れしてくれた。うっとりするような香りの香油を惜しげもなく馴染《なじ》ませ、細い櫛《くし》で梳《と》かしていく。

「だけど、ただの銀鼠色ですもの」

銀色も鼠色も嫌いではない。アニエスには嫌いな色などない。

だけど世界中で自分の髪の色だけは、ひどくくすんで見えるものだと思っていた。

「それに、量が多すぎて爆発してしまうから、まるで古い毛糸玉みたいでしょう」

「そんなことはありませんよ。たっぷりとして、とても華やかです。こうやって丁寧に梳かしてあげれば、ほら、まばゆいほどに艶が出ます、そして大きめのコテで巻いていけば……」

肩に転がるロールがくすぐったくて微笑むと、さらにドリスは、ドレスと同じ色の髪飾りで華やかなハーフアップにまとめてくれた。

「なんて素敵なのかしら‼」

いつもの眼鏡をかけようとして、アニエスは思い直してそれを鏡台の抽斗《ひきだし》にしまいこんだ。

そうして見つめた鏡の中には、見たことがないような自分がいた。


「ピンクのシャツ、まだ乾いていなくて着られなかったんだ」

ちょっと不満そうな顔で現れたセイランだが、アニエスを見て、グレイの瞳を軽く瞠った。

そして、「いいね」と微笑んでくれる。

食事はとても穏やかに、楽しい雰囲気で進んでいった。

セイランは聞き上手で、話し上手でもある。

会合での出来事や、王城で知り合った異国の珍しい人々、王都で流行している遊戯盤の話などを、次から次へと披露してくれる。彼流の毒が込められた語りくちには最初戸惑ったものの、ほんのささやかな出来事でも、彼にかかれば斬新で生き生きとした事件になるのが驚きだ。

いつの間にか緊張はほぐれ、デザートが運ばれてくるころには、アニエスは、笑いすぎてお腹《なか》が痛くなるほどだった。

ナプキンをテーブルにポンと置き、セイランは立ち上がった。

「おいで。部屋に行こう」


寝室に行けば、またすぐに先日のように抱きしめられるのだとばかり思っていたアニエスは、セイランが提案してきたことに驚いた。

「条件を整理しよう」

「条件ですか?」

セイランはベッドサイドのテーブルの椅子を引き、そうだよと頷いた。

「僕と君の、結婚の条件だ」

アニエスは慌ててキャビネットから紙の束とインクとペンを出し、セイランの正面の椅子に座った。

「僕から君に望むことを挙げていくね。まずは今から二か月後、僕の爵位継承式に、妻として出席してほしい。さらに重要なのは三か月後、君の正式なお披露目《ひろめ》を兼ねた結婚式だ。ドレスに関しては、王都からデザイナーを呼ぶから面接して。デザイナー選びは任せるけど、細かいデザインは僕も同席して決める。公式の場では僕に寄り添って。ずっと手を繋ぐのもいいね。とにかく、ごく普通の、どこにでもいる、当たり前の……愛し合っている夫婦として、振舞ってほしいんだ」

どんどん提示されていく条件（?）を、アニエスは急いで書き留めていく。

「それ以外は、自由に時間を過ごしていい。そうだ、今日みたいに使用人たちに染色を教えてあげてよ。みんな喜ぶから」

セイランは、思い出すように目を細め、優しい表情を浮かべた。

「この屋敷にあんな笑い声が響いたのなんて、きっと十年ぶりのことだ」

「セイラン様……」

アニエスは、そっとペンを止めた。

「私からも、よろしいでしょうか?」

「何?」

「ここにいる間もワグナー家の者と連絡を取り、事業を続けたいのです。もちろん、偽装妻としての役割を邪魔することはけっして致しませんので」

「偽装妻……」

ゆっくりと繰り返して、セイランは両目を閉じた。

「セイラン様？」

「あ、ああ。なんだっけ。ワグナー家の事業？　いいよ。自由な時間は自由にしていい」

（よかった……）

とても緊張していたアニエスは、あっさりと了承してもらって心の底から安堵するとともに、驚いていた。

女が事業に関わるなど、それも結婚後に実家の仕事を続けるなど、この南部では聞いたこともない。そもそも、女が外に出たがるなど生意気だと、たいていの男はいい顔をしないものだ。だけどセイランは、当たり前のように許容してくれた。

（本当によかったわ）

ロッテや職人のみんなは、さぞや心配しているだろう。早速、明日には連絡を取りたい。

「あとは、いくつか細かい確認事項かな」

セイランは指を折っていく。

公爵夫人として必要な知識は、その都度セイランから共有していくこと、この契約については、互いに他言無用であること。

アニエスも身を乗り出して、大切なことを挙げていく。

役割を全うした暁には、セイランは、ローザの不実を許すこと。その責任をそれ以上、ワグナー伯爵家に対して問うことはないこと。

そこまで確認し終わると、アニエスはほっと息をついた。

ところがセイランは、そこに至ってとんでもないことを言い出した。

「契約の期限だけど、まずは五十年でいい？」

「えっ？」

「あ、六十年にしておくか。切りがいいところで百年がいいかな」

冗談を言っているのだろうが、アニエスはおずおずと申し出た。

「セイラン様……あらゆる商取引に関する契約は、一年更新で行うことが多いです。面倒かもしれませんが、一年がいいと思います」

「これは少なくとも商取引じゃない。それに、一年ごとにいちいち考えたり話し合ったりするのは厄介だ」

「投げやりにならないでください。百年契約なんかにして、もしも私が契約をかさに着て、居座ったりしたらどうするのですか！」

一生懸命真面目な顔で諭したのに、

「別に気にしないけど」

あっさりと返されてしまう。

「いけません！　王都ではどうか知りませんが、南部では、そんなことで面倒がっていては、騙されてしまいます！」

実際、祖父の「青」の技術をギルドに完全に奪われたのは、父がちゃんと契約書を読まなかったからなのだ。せめて契約期限が「無期限」となっていることにだけでも気づいてくれたらよかったのに、父は分かったふりをして、よく見もせず締結してしまったのだ。

恐ろしい過去を思い出して表情をこわばらせるアニエスをじっと見つめた後、セイランは何度目か分からないため息をついた。

「じゃあ、十年」

「長いです」

「五年」

「……」

「君は結構頑固だね。分かったよ。じゃあ、契約は三年。その時点で問題がなければ自動的に更新だ。これが最大の妥協点」

「三年ですか」

まだ長い。しかし、今回の契約内容は結婚だ。それくらいの期間がないと、さすがに怪しまれるのかもしれない。

「分かりました。でも、それよりも前に契約を破棄したくなられましたら、遠慮なくおっしゃってください」

「破棄したい時って？」

「セイラン様に、本当に結婚したい相手が現れた時です。その場合は、すぐに妻の席をお引き渡し致しますので」

セイランの怪訝《けげん》そうな顔は驚いた顔に変わり、またすぐに、今度は不快そうな顔になった。

「分かったよ」

しかし拗ねた顔になりつつも、最終的には渋々といったように了承に至る。

「だけど、そういう問題がなかったら、契約はわざわざいじらない。そのまま延長だ。いいね?」

「分かりました。それではこの内容を正式な契約書に起こしますね。明日には完成させますから、サインをしてください」

「わざわざ契約書まで作るの?」

「時間はかかりませんよ。慣れていますから」

晴れ晴れと笑うアニエスにまたも不満そうな顔を見せたセイランだが、肩をすくめてポケットから折りたたんだ紙を出した。

「分かった。じゃあ今日は、とりあえずこれに君がサインをして」

開かれたそれは、結婚誓約書だった。役所に提出する公式のもので、すでにセイランのサインは済んでいる。

「わ、分かりました……」

アニエスは緊張しながら、その隣に名前を書いた。

セイランはアニエスの署名が終わった誓約書を手に取って、しばらくじっと見つめている。

「セイラン様？」

「ああ、ごめん。これで君は、僕の妻だね」

「はい。ふつつかですが、よろしくお願いいたします」

「そうだ、あとひとつ。さっきの契約書に追記を頼めるかな」

また何か、危うい文言を加えるのだろうか。警戒しながら用紙を開いたアニエスに、セイランは告げた。

「君に、笑っていてほしい」

「え……？」

「君が笑っていられれば、きっとこの屋敷も明るくなる。君が笑顔になれる方法を、僕に教えてほしいんだ」

そんなことを言われたのは、初めてだ。

アニエスの知る男というのは、いつだって理不尽で身勝手で、自分の利益ばかりでこちらの気持ちなんてお構いなしで。

そんなことを契約書に盛り込むなんて、きっと考えることもなくて。

（違うのかも、しれない）

家令のハンネスも、庭師のダンも、この屋敷にいる人たちは、アニエスの知っている男性とは違う。そして、誰よりも……。

(セイラン様は、違う)

テーブルに頬杖を突いたセイランが、アニエスの髪を撫《な》でる。

指先が頬から顎へと辿《たど》って下りる。セイランが椅子から身を起こす。

触れるだけの、口付けをした。

ここは寝室で教会ではない。そのうえ、これは偽装結婚なのだ。

だけど、まるで何か大切なことでも誓うように、嘘の結婚誓約書を握りしめたまま、セイランはアニエスに口付けた。

(なんだか……勘違いをしてしまいそうで怖いわ)

だから唇が離れた時、アニエスは思い切って尋ねたのだ。

「セイラン様、この間したようなことについては、契約書に盛り込まなくてよいのですか？」

「……この間したようなことって」

「子供が出来てしまうような行為について、です」

セイランはふっと息を吐き出して、改まった表情になった。いや、覚悟を決めたというか、開き直っているともとれるような顔だ。

「それは、必要だと思う」

「えっ」

「僕たちは一応……というか、立派に夫婦だからね。立派な夫婦には、そういう行為が必須なんだ」

「そういう、ものですか？」

「うん。子供についてもそう。この間も言ったけど、構わないどころか大歓迎だ。……本当は結婚後しばらくは二人きりの方がよかったけどそうも言っていられないしいてくれた方が引き留められるだろうし僕たちの子なら絶対に可愛いし」

「ごめんなさい、最後の方が小さな声で早口で、よく聞こえなかったのですが」

セイランは咳払いをして、きっぱりと言った。

「とにかく、子供ができるような行為は、夫婦には必須だと思っている」

「分かりました」

「そう言うと思った。嫌だよね。分かったよ。できる限り我慢する。だけど願わくば……って、え？」

セイランは、ぱちりと目を瞬かせた。

「いいの？」

「はい。妻として必要なことなら、お受けします。ただ……」

アニエスは一度言葉を切ったことを後悔した。契約の一環として事務的に続ければよかったのに、変に意識をしてしまうと、ぽぽぽと頬が熱くなる。

俯いて、小さな声で先を続けた。

「私は、そういったことに全く経験がありませんので……セイラン様に、教えていただけると嬉しいです」

「教えるよ！　あ、いや、僕も別に全く……いや、うん、どういえばいいのかな。とにかく、そんなことは全く心配しなくていい」

きっぱりと言い切って、セイランは力が抜けたように、背もたれによりかかる。

「よかった……」

「そ、そんなに大切なことですか？」

「大切だよ」

セイランはアニエスの腕を引き寄せ、そのまま軽々と抱き上げてしまう。

「あ……」

「一日のキスの回数に、上限はある？」

「そんな項目、契約には……」

「じゃあ、僕がいいと思う限り何回でもってことで」

抱き上げられたまま、口付けられた。

内心の動揺を抑えるように、アニエスはセイランの首に両腕を絡ませる。

「ん……」

セイランの舌が入ってくる。まるで確かめるように、熱く濡れた舌がアニエスの口の中を辿り、ゆっくりと中をまさぐっていく。

アニエスはそっと目を閉じた。舌と唇と、そしてセイランと共有するすべての熱に集中していく。

五感が、セイランという人に埋め尽くされていくみたいだ。

ぷつりと唇が離れた。

こちらを見つめるセイランの目元が、花のように赤くなっている。

「夫は、妻の身体に触れたいんだ。隅々まで、あますところなく」

額同士を寄せるようにして、セイランは囁いた。

(あ……)

今頷けば、アニエスの身体はやすやすと、彼の背後のベッドに横たえられることだろう。

そうして、この間の夜のような時間が始まるに違いない。

アニエスの臍のずっと奥の方が、ずくりと疼《うず》いた。

脈打って、とろりと緩んでいくような感覚だ。

今ほんの少し頷くだけで、この熱をセイランと分かち合うことができるのだ。

ただ、それだけで……。

しかし、アニエスはセイランからわずかに身体を離して首を横に振った。

「セイラン様……あの、申し訳ありません。今日は、その、昼間はしゃぎすぎて、疲れているので……」

アニエスがそっと胸を押し返すと、セイランは我に返ったように目を瞬かせた。

「大丈夫。うん、分かってる」

額にそっと口付けて、セイランはアニエスを椅子に戻してくれた。

片手をきゅっと胸元に押し当て、アニエスは密かなため息をつく。

（嘘をついてごめんなさい、セイラン様）

月のものから数えれば、今日は子供ができやすい時期なのだ。

きっとセイランなら、本当に子が生まれても受け入れてくれることだろう。

しかしそうなれば、契約が終了した後、アニエスはその子供を残してこの城から出ていかねばならなくなる。

（そんなことになったら、私はきっと耐えられない）

だってもうすでに、この城を去る時のことを思うだけで、寂しくなってしまうのだから。

少しの後ろめたさを感じながらも、その夜、アニエスは眠りに落ちるまで、セイランと色々な話をした。

今までに出した一番いい色のこと。母が、魔法使いのように素敵な色を作ったこと。そして、いつか自分が作りたいと思っている色のこと。

それはとても楽しくて、素晴らしい時間だった。

ラピスラズリ色の夜空の下、ずっとこんな時が続けばいいと、アニエスは思っていたのだった。

＊

翌日から、アニエスはにわかに忙しくなった。

ワグナー伯爵家の使用人たちと連絡を取り、滞っていた事業を再開したのだ。

（やっぱり、一週間に一度はワグナー家に戻りたいところよね）

しかし屋敷に顔を出せば、父・ワグナー伯爵からセイランとのことを根掘り葉掘り聞かれるだろう。それどころか、余計な仕事をしたりせず、セイランのもとに張り付いて少しでもワグナー家の有利になるように動くのだ、などと言われてしまうに違いない。

今まで、父の命令にはできる限り応えてきた。

（だけど、どうしてかしら。今はなんだか、そうしたくはない）

一方でアニエスは、セイランの完璧な（偽装）妻になるための勉強にも励んだ。

プレトリウス公爵家の歴史やしきたり、南部における功績や、王家との関わりについて。頭に入れておくべきことは、いくらでもある。

たとえ偽装妻だとしても、爵位の継承時期という大切な時に自分を隣に置いてくれるセイランに、恥ずかしい思いをさせるわけにはいかないのだ。


そんな、ある日のことだった。

「ワグナー伯爵家の娘は駄目ですよ」

公爵家の書庫で調べものをしていたアニエスは、聞き覚えのある男の声に身をこわばらせた。

本棚の向こう側、書庫の入口から聞こえてくるその声は、間違いなくセイランの叔父・ホルガのものだ。

「伯爵家とは名ばかりで、君の力にはなりません」

「失敬だな。彼女は立派な南部の貴族令嬢ですよ。なんの問題が?」

飄々《ひょうひょう》と返す声は、セイランのものである。

「あの家は借金まみれだし、父親は事業をあんな小娘に任せている。我々のギルドの、はみ出し者です。あんな一族を身内にしては、プレトリウス家の汚点になります」

「くだらないね。あの若さで家業を切り盛りしていた彼女の能力にこそ、まっとうなギルドなら注目すべきだと思うけど。――それとも」

セイランは挑発的に笑った。

「僕が、ワグナー伯爵家と繋がったら都合の悪い事実でもあるんですか、ホルガ叔父さん。たとえば……青い色について、とか」

ピリピリとした空気が、本棚の向こうから伝わってくるようだ。

やがて、ホルガが苛立《いらだ》ったようなため息をついた。

「残念ですよ。ずいぶん可愛くなくなってしまったようですね、セイラン」

「昔の僕は可愛かったからね。あんたのことを愚かにも信じて王家との連絡係にしていたことを、心の底から後悔しているよ」

さらにいっそう冷たい声で、セイランは言い放った。

「継承式以降、あんたとその取り巻きはギルドから引退してもらう。すべての権限は、僕のもとに戻すから」

緊迫した沈黙を挟み、やがてホルガが低い声で答えた。

「セイラン。あまり私を舐めない方がいい。この十年間、南部を仕切ってきたのは私です。プレトリウス家の分家筋も、ギルドの貴族も、みんな、最後は私を支持することになるのだから。君に味方する者はいませんよ」

「アニエス様、部屋に戻りましょう」

きつく眉を寄せたドリスが、声を潜めて囁いてきた。

アニエスはハッと我に返り、音を立てないように席を立つ。

確かにホルガの言う通り、彼にはこの十年間の表向きは派手な実績がある。ホルガの生み出した利権の甘い汁をむさぼる者も未だ多いのだ。そんな人々の支持をいきなりセイランに切り替えることは、容易ではないだろう。

だけど、アニエスはセイランに当主になってほしい。彼の下で変わっていく、南部を見てみたいと思う。

セイランは、どうやってホルガに対抗していくつもりなのだろうか。

両親はすでに亡く、十年間王城に閉じ込められていたため南部に地盤もないセイランは、たった一人であの狡猾《こうかつ》な旧勢力に立ち向かわなくてはいけないのだろうか。

（セイラン様……）

アニエスは、そっと唇を噛み締めた。

＊

「やってるね」

「きゃあ⁉」

扉に背を向けて暖炉の前にかがみこんでいたアニエスは、不意に耳元でささやかれ、悲鳴を上げて飛び上がった。

「うわっ。ごめん！」

あやうく鍋の中の液体をぶちまけるところだった。セイランが、慌てたようにアニエスを背後から抱きしめる。

「セイラン様、いつの間にいらしたのですか？」

「ちょっと前だよ。声をかけたんだけど、君、いつまでも気が付かないからさ」

セイランは肩をすくめ、アニエスをパッと解放した。

紫色のガウンの下、白いシルクの上下の夜着がとても眩しい。プラチナブロンドの髪の先が、わずかに濡れている。風呂上がりなのだろう。

「部屋でも染色ってできるんだ」

「はい。桶と水とお鍋があれば、小さな布くらいなら染められます。こんな夜にすることでもないのですが、どうしても考えをまとめたくて……申し訳ありません」

「考えを？」

昼間のホルガとセイランの会話についてだ。しかし今、アニエスの前に立つセイランはそんなことはおくびにも出さない。

「昔から、考え事をする時には染料を煮出す癖があるんです」

「聞いたことない癖だな。だけど君らしい」

ぷはっと噴き出すセイランの笑顔がいつもと変わらないことに、ホッとするアニエスである。

「本当に好きなんだね、君は」

鍋の前にしゃがみこんだセイランは「僕にもやらせてよ」と屈託なく笑った。


それからしばらく二人は、言葉少なに染色作業をした。

今回使ったのは、薔薇の花びらだ。

屋敷のあちこちに飾られては、盛りを過ぎないうちに入れ替えられる観賞用の花。

捨てられる前に分けてもらってきたその花びらを鍋に入れ煮立たせると、濃い藍色の液体になる。別の鍋で湿らせておいた布地を中に入れ、かき混ぜながら煮立たせる。

次に、媒染剤を溶かした液体にくぐらせて、絞った布を何度も綺麗な水に晒して、ようやく出来上がりだ。

「今日も六回くらい繰り返す？」

「いいえ。今日は媒染剤も使いましたし、三回で。媒染剤は、鉄の釘《くぎ》から作りました。はっきりした色が出るといいのですが」

後は乾かすだけだ。満足した気持ちで、アニエスは天井に張った洗濯紐《ひも》に布を掛けた。

なんだか、せっかくの素敵な部屋が実家の私室のように工房めいてきてしまったが……。

ベッドに腰を掛けて天井を見上げるセイランの隣に、アニエスもそっと腰を下ろした。

「セイラン様、すごく手馴《てな》れてきましたね」

「ん。最近思い出したんだけど、昔、母に手伝わされた記憶がある。母は若い頃、この南部地域に古くから伝わる染色方法で染められたドレスの虜《とりこ》になったんだってさ。だから父と結婚したんだと。そればっかり言うものだから父は拗ねていたけどね。色々な材料を使って、他では出せない色を出す。まるで魔法みたいだって、母はいつも言っていた」

「私も、お母様の染める色を見ていつもそう思っていました。お母様は、綺麗な色を毎回同じように再現することができるんです。季節や気候にあわせて、微妙なニュアンスの違いを把握して。特にお母様が得意なのは鮮やかな赤で。私もいつか、そんな色を出せたらなって」

前のめりに語るアニエスに、セイランはうんうんと頷いてくれた。

「いいね。君のお母さんの技術は、君に受け継がれているんじゃないの？」

「私なんて、まだまだです。母と同じようにしても、なかなか同じ色が出せない。何度繰り返しても、少しずつ変わってしまうんだもの」

アニエスが握りしめた手に、セイランの手が重ねられた。そのまま二人の指を絡めるように、手を握られてしまう。

驚いて目を上げると、見つめてくる瞳と視線が合った。

「君の指を見れば、君がどれくらい頑張ってきたかよく分かる」

「あ……」

かあ、と耳が熱くなった。

またも手袋を外して作業をしてしまったアニエスの両手の指先は、青や赤や黄色、様々な色が混ざりくすんでしまっている。

慌てて指を引き抜こうとしたが、しっかりと手を繋がれて、離してくれない。

「す、すみません。今、手袋を……え……」

驚いたのは、セイランがアニエスの手を持ち上げ、その指先に自分の唇を当てたからだ。

アニエスの右の中指を、セイランの形のいい唇がついばむ。中指から、次は薬指、小指。そして親指に飛び、最後は人差し指を、ちゅ、と深く口に含む。

（熱い……）

セイランの唇が、熱い。

その中でアニエスの指は、濡れた舌で優しく包まれる。

「君の指は、すごく綺麗だよ」

伏せていた目を上げてアニエスを見つめ、ひとつひとつ、はっきりとセイランは言った。

「どんな指輪を付けた指より、磨いて飾った爪より。君の指先は、僕が今まで見た誰のものより一番綺麗だ」

ふいに、アニエスの胸に熱いものがこみ上げた。

「セイラン様」

喘《あえ》ぐように、アニエスは告げた。

「私は、セイラン様の味方です」

セイランは瞳を見開く。

「アニエス?」

「私には、何もなくて。せっかく南部にずっといたのに、私には、お金も地盤も、影響力も何もありません」

もどかしさに、喉の奥がぐっと熱くなる。

「だけど、私は……私はこれから先ずっと、セイラン様の味方です。セイラン様が、この南部を変えていくのを見ていたいです。頼りにならない味方ですが、どうか、そのことだけは伝えられたらと……」

つたない言葉は、最後まで続けられなかった。

不意に身を乗り出したセイランに、唇をふさがれたからだ。

今までになく勢いよく口付けられた後、優しく唇が合わせられる。

目を閉じる瞬間、さっき染めた布が、視界の隅ではためくのが見えた。

ベッドの上に腰を掛けて、セイランはアニエスを見つめている。

セイランの指先が、アニエスの髪を左耳にかけた。彼の指先が耳の端に触れるだけで、アニエスはピクリと肩を跳ね上げる。

腰が抱き寄せられた。彼の唇が、アニエスの首筋に落ちてくる。

じゅち、と吸われる感覚に、アニエスは両目をきつく閉じた。

「君の肌は痕が付きやすいね。どんどん綺麗な花が開いていくみたいだ」

戸惑うままのアニエスの左耳の上半分を、セイランは口に含んでしまう。

「んっ……あ、セイラン様……？」

反射的に身体をよじる。

「君は、僕の味方なの？」

かすれた声で囁かれる。

「はい……」

「いいね。すごく頼もしい」

「だけど、私にはお金も権力も、何もなくって」

「そんなものいらない。何一つとして、大切なことじゃない」

セイランは真剣な目で囁いてから、ふと何かに思い至ったような顔をした。

「そういえば、君の手袋とか眼鏡。あれはいつからなの？」

「え……？」

「染色作業中ならともかく、君はそれ以外の時も、手袋や眼鏡を付けていた。まるで、素顔を隠すように」

アニエスは、戸惑いながら答えた。

「母が、亡くなる前に言ったのです。公式な場や、ギルドに出向くときも、こういう格好でいるように、と」

「なるほどね」

納得がいったというような表情でセイランは頷く。

「君のお母様は、君を守ろうとしたんだね」

「……?」

「ギルドは男社会だろう。君みたいな可愛い女性が素顔を晒して乗り込むなんて、あまりに無防備だ。地味なドレスも眼鏡も手袋も、お母様から贈られたお守りだよ」

「お母様から……」

「君のお母様の慧眼《けいがん》に、僕は感謝しなくちゃね」

セイランの舌が、アニエスの耳たぶから耳の周りをゆっくりとなぞる。

「もう大丈夫ですって伝えよう。これからは、僕が守るからって」

濡れた音が耳の奥にまで響いてきて、アニエスは身体を震わせた。

前回よりも、一つ一つの動きがゆっくりとしている。まるでアニエスの感覚を、丁寧に探ってくるようだ。

「気持ちいい？」

セイランが、顔を覗き込んできた。

「君が触れられて気持ちいいところ、僕にちゃんと教えてほしい」

「あ……」

「僕は、君の身体のどこを触っても気持ちいい。全部に触れて、口付けたいと思う。だからこそ、君が気持ちいいところを知っておきたいんだ」

そんなこと、言えるはずがない。自分の感じる場所を口にするなんて、はしたないし、恥ずかしいと思ってしまう。

（だけど）

決めたのだ。たとえ契約上のものでも、かりそめのものでも。

セイランの妻として、彼に求められることがあったなら、ちゃんと向き合う。

それがきっと、彼の一番側にいる自分が、味方だと伝えられる方法なのだから。

「……耳の縁を……触っていただくのは、気持ちいいです」

「ん」

耳たぶの縁をついばまれ、アニエスは吐息を漏らす。

「あとは……い、息を中に吹きかけられると……力が、抜けてしまいます……」

「こう?」

ふうっと中に息を噴かれる。自分で言っておきながら、アニエスは「ああっ」と高い声を上げてしまった。

「ご、ごめんなさい!」

セイランが、顔を覗き込んでくる。

笑っている。目元を赤くして、嬉しそうに笑っている。

「いいよ。可愛い」

——可愛い。

そんなことを言われたのは、一体いつぶりだろう。

遠い昔に母が繰り返し囁いてくれた、あれ以来、誰かに言われたことがあっただろうか。

「アニエス、胸を見せて」

ほんわりとした心地よさに身を委ねていたアニエスは、つい聞き流すところだった。

「え?」

「胸、見せて? 僕を癒《いや》してくれるんだろう? 知らないの? 妻ってものは、疲れた夫に胸を見せて、揉ませるんだって」

「そ、そういうものなのですか!?」

聞いたことがない。どこで聞くのか分からないが、とにかく聞いたことがない。

「セイラン様は、誰からそんなことを聞いたのですか?」

「王太子から」

「ええっ」

まさかの次期国王である。

「あいつは病弱だったから、熱を出して寝込むたび、ベッドでそういう本ばかり読んでいたんだ」

「なんと!」

「ねえ、王太子のことなんかどうでもいいから、早く見せてよ」

「この間……見たではないですか……」

「今日はまだ見ていないし、それに、君が見せてくれることに意味がある」

譲らないセイランに、アニエスは仕方なく夜着の裾を摘まんだ。

シルクの夜着を、そろそろと上げていく。

そっと見あげると、セイランは爛々《らんらん》とした目でこっちをじっと見ている。

指先が震える。耐えられない。

「あ、待って。めくった瞬間、『おっぱい見てください』って言って」

「セイラン様⁉」

「……ごめん、調子に乗った」

叱られた子犬のような顔をされてしまう。

とんでもなく恥ずかしいが、もしもここにいるのがローザだったら、そういうことをしたのだろうか。

（ローザだったら……）

セイランの前にローザがいる。

その状況を想像すると、アニエスの胸はきゅっと苦しくなった。

目を閉じて、勢いよく一気に裾をめくり上げる。

「おっ……‼」

噛んでしまった。

「おっぱい！　……見て、ください……」

気が遠くなるほどの沈黙の後、アニエスの両肩がグイと押された。

「え……」

ベッドに仰向《あおむ》けに倒される。目を開くと、こちらを見下ろすセイランの赤い顔が見えた。

「そんなこと言って、どうなっても知らないよ」

「そ、そんな……セイラン様が言えって……ふあっ……」

理不尽さにさすがに抗議の声を上げたアニエスだが、片方の胸を大きな掌で包まれて声を上げてしまう。

胸全体を優しく揉みながら、セイランの親指が先端を左右に擦った。

「ふ……くっ……」

「固くなってきた」

胸の先をいじられながら、耳たぶに口付けられて、息を吹き込まれる。

アニエスは熱い息を漏らしながら、セイランの服をぎゅっと掴んだ。

「ん」

掬《すく》い上げるようにアニエスに口付けたセイランは、アニエスの両方の胸の先を指先で弾く。

「あっ、あぁっ……」

ぴりぴりとした刺激に、アニエスは甘い声を漏らした。

息継ぎを促すように一度離れた唇が、今度はアニエスの胸の先端に下りてきた。そのまま、ちゅうっと先端を口に含んでしまう。

「ああっ」

優しく唇で挟み、熱い舌で下から上へとなぶり、吸い上げる。かと思えば上下の歯で優しく挟み、ゆるゆると力を込めた。

「可愛いな。君の胸の先端。すごく可愛いピンク色だ」

「そんな……」

「すごいね。こんな色がこの世界にあるって知らなかった。ねえ、こういう色はどうやって作るの？」

「えっ……ユウヤケ貝と、アカリユリと……わ、分かりませんっ……」

右の先端から左の先端へ。セイランは何度も往復して、その間も胸を下から揉んでいく。

以前よりもずっと丁寧に胸を愛撫《あいぶ》しながら、セイランの手はめくれあがったアニエスの夜着の下へとすべりこんでいく。

「ひゃううん……」

彼の指先が自分の両脚の間へと入り込んだのを感じ、思わずキュッと脚を閉じてしまう。

「アニエス」

ねだるように、口付けられた。

下唇をついばんで、次に上唇をそっと唇がさぐり、そしてそのまま、アニエスの口内にセイランの舌が入ってきた。上顎をなぞり、舌を絡める。

アニエスは瞳を閉じた。セイランと初めて会った時の、薄紅色の花畑の光景が瞼の裏に浮かんでくる。懐かしさとせつなさに、胸が苦しくなるようだ。

太ももの内側を、セイランの指先がつっとなぞる。

感覚が、目覚めさせられていく。

深く口付けられながら、アニエスの身体は仰向けにベッドに沈んでいく。

「あ……」

両脚の奥の行き止まりまで辿《たど》り着《つ》いた彼の指は、そこをくっと優しく押した。

「すごいね。もう下着の上から分かるくらい、ふちゅふちゅに溢れている」

下着は綿の質素なものだ。ドリスが絹の高級品を用意してくれていたけれど、なんだか落ち着かず、風呂上がりに屋敷から持参したものに付け替えた。

下着の上から、セイランの指先がそこをなぞる。

「あっ……ふっ……ぁんっ……」

あの日、セイランに暴かれた場所だ。

嵐のような交わりの後、しばらくは違和感があったものの、最近はようやく落ち着いていた。だけど今、まるであの時の感覚を一気に思い出して、ほどけていくようだ。花を開いたそこから、勝手に蜜があふれてくる。

「セイラン様、セイラン様……！」

「いいよ。ほら、もっと僕の名前を呼んで？」

「セイランさまっ……」

セイランが、するりと下着をアニエスの脚から抜き取った。

すっかりとろけた入り口に、セイランの指が一本、つぷんっと埋められる。

「ぁあっ……」

「ああ、熱いな……力を抜いて、アニエス。今日は君の気持ちいいところを、いっぱい探したいんだから」

「わ、私、そんなの、もう分からな……あっ……!?」

両脚が、反射的に伸びてしまう。

「この、上のところ？　もう少し奥かな……ああ、きゅってなったね」

「だめ、です、押さないでくださ、そこ……！」

「すごいな。どんどん溢れてくる。中はとろとろで、僕の指に吸い付いてくるよ」

はあっとセイランは熱い息をこぼした。

「外側のここは？　可愛い、ぷっくりしたところがある」

内側を優しく擦りながら、同時にセイランの親指が、入り口の上にある小さな突起をくにゅりと押した。

「ぁんっ……！」

チカチカと瞼の裏が光った気がして、アニエスは、腰をぴょんと跳ね上げた。

「ごめん、痛かった？」

アニエスは首を横に振り、セイランの腕にしがみついた。身体がプルプルと震えている。

「す、すみません、そこ、びっくりして……」

「びっくり？　気持ちいいの？」

触れるか触れないかの位置で、優しくその突起を撫でられる。

「あっ……やっ……ぁんっ……」

奥から何かがあふれてきそうだ。むずむずして、声がこらえられない。

また、瞼の裏がチカリと光る。反射的に、アニエスは両脚をきゅっと閉じた。

これ以上触られては、きっと大きな声が出てしまう。何かを越えてしまいそうだ。

訳が分からなくなる前に、と、アニエスはセイランを見上げた。

「セイラン様、は……」

「え？」

「セイラン様は、気持ちいい、ですか……？」

喘ぐようにそう問うと、セイランはグレイの瞳を大きく見開く。

「私ばっかり……気持ちよくして頂いて、これじゃ、妻の役割が……あ、わ、分かっているのですが、もちろん、ぎそう……」

偽装妻だということは、と続けようとした唇が、激しくふさがれる。

「んっ……」

右脚が、軽々と持ち上げられた。アニエスの足を肩にかついだセイランが、太ももの内側に口付ける。強く吸い付かれ、白い肌に痕がつく。

「セイラン様？」

「アニエス、君をもっともっと感じさせて」

セイランの瞳がうっすらと濡れている。

アニエスは両手を伸ばして、セイランの頬をそっと挟んだ。

「はい。私も、セイラン様を感じたい」

とろりと蜜の溢れた秘所に、固いものが押し当てられた。

じわじわと、中に入ってくる。

同じだ。

最初の夜に押し入れられたものと同じ。

だけど、前回よりもアニエスの身体は柔らかく解されていたから。

「んっ……ふっ……」

奥へ奥へと分け入ってくるセイランを、ゆっくりと受け入れることができる。

指で解され神経が剥き出しになったその場所に、最上級の刺激が与えられていく。

「あっ、ああ……」

顎を反らして、アニエスは声を上げる。

「すごい。持っていかれそうだ」

早口につぶやいたセイランは、アニエスの髪を撫で、額に口付ける。

胸を両手で寄せ、先端を同時に摘まむ。

奥まで達したセイランが、ゆっくりと入り口に戻る。かと思ったら、今度は斜め上にとんっと突き上げる。

「あっ……あんっ……」

アニエスはぷるりと震えた。身体の奥が、じわじわと熱くなっていく。

「ここ、気持ちいい？　ちょっとざらざらしているところ」

「ん、は、きもちい、です……」

アニエスの答えを満足げに聞いて、セイランはその場所をもう一度内側から擦った。もう一度、いや、さらにもう一度。

「あっ……あっ……」

同時に、さっき気をやりそうになった入り口の小さな突起を指で弾かれる。

「んんんっ……‼」

アニエスは瞳をキュッと閉じてぶるりと震えた。

セイランはアニエスに口付けて、アニエスの腹の裏側の、弱いところを擦り上げた。

腰が浮いてしまう。自分の声と、濡れた音が混ざっていく。

「あっ……あぁっ……」

自分の身体が、自分のものではなくなるみたいだ。アニエスは、夢中で両手をセイランに伸ばした。

その手に指を絡ませて、セイランが握りしめてくれる。

追い立てられていく。力の入らなくなる場所を、何度も擦り上げられて。

このまま、宙に浮いていくような。

「セイラン、さまっ……」

「アニエスっ……」

グッと、セイランがアニエスの奥に熱を押し付けた。

二人の身体が一番奥で結びついたその瞬間、セイランが歯を食いしばるような顔で強く腰を突き上げる。

じわりとした熱が、やがて二人の間に滲《にじ》んでいく。

ほんの少しの隙間すら、けっして許さないとでもいうように。

「君は、僕の最高の味方だ」

熱い息を吐き出しながら、セイランはアニエスの耳元で囁いた。

「いつだって君は僕に、新しい色を教えてくれるんだから」

揺れる視界のむこう側で、セイランがそっと身を起こす。

彼がどこか、泣きそうな顔をしているように見えて。

「セイラン様……」

この人を笑顔にしてあげたい。

この人が幸せになるように、できることを何でもしたい。

自分がここにいることを、この人の味方だということを、何度だって伝えたい。

（どうしよう）

自分の中に初めて生まれたその色に、アニエスは気付いてしまう。

ローザに宛てた花の礼状を書いていた時から。

いや、もしかしたら、あの花畑で初めて会った時から。

ローザの代わりなのに。

かりそめの、偽装妻にすぎないのに。

償いのための契約で、繋がった関係にすぎないのに。

なのにアニエスは気付いてしまったのだ。

（私、セイラン様のことが好き）

自分の内側に広がっていくこの色をもう、なかったことにはできないのだと。

第五話　つながる想《おも》い

深夜、セイラン・プレトリウスは一人、執務室の机にむかっていた。

山積みになった書類の束は、南部の各所からセイランのもとへと集まってきた直訴状だ。

南部に戻ってから一か月、セイランは少しずつ、ホルガの牙城を崩してきた。

ホルガが利権を増やしたということは、奪われた者がいるということだ。

その事実を調べ上げ、一人ひとりに会いに行き、真実を明らかにしていった。

貴族だろうが、一般階級だろうが関係ない。奪われたものを補填《ほてん》して、さらに良くするための方法を提示してきた。

そうやって、少しずつだが確実に、支持者を増やしてきたのだが。

(爵位継承式まで、あと一か月、か)

さすがに、予想以上に時間がなかった。

ホルガは人心掌握に長《た》けている。

ここぞというところで派手に金を使ったパフォーマンスをし、人々の欲を刺激して、心を掴《つか》む。そうやって、十年かけてこの南部の地盤を固めてきたのだ。

——みんな、最後は私を支持することになるのだから。君に味方する者はいませんよ。

悔しいが、その通りだ。欲深い人間ほどホルガの権力が持続することを望むだろう。

そしてそういう者ほど声が大きいのが、今の南部なのだ。

(今僕に足りないのは、分かりやすさだ)

派手さに対抗できる分かりやすさ。城に幽閉されていたおぼっちゃまというイメージを払拭《ふっしょく》できる景気の良さを、見せつける手立てがあれば。

セイランはため息をついて、一枚の封筒を手に取った。

「王太子殿下が爵位継承式にいらっしゃれば、南部の人々は驚いて、セイラン様をさらに誇らしく思うことでしょうね」

静かな声に顔を上げると、入り口に家令のハンネスが立っていた。茶器の載ったワゴンを押している。

「まだ起きていたのか。老人は早く寝るものだろう」

「セイラン様が頑張っているのに寝られません」

ニコニコと微笑《ほほえ》みながら、熱いお茶を淹《い》れていく。

「何を迷っているのですか。エリック殿下も、セイラン様から招待状が届くことを心待ちにしていらっしゃいますよ」

「どうだろうな」

ふうとため息を吐き出して、セイランはぞんざいに答えた。

「別れ際、確かにあいつはそう言っていた。だけどしょせん、あの王城での口約束だ。信じた者が馬鹿を見るだけかもしれない」

「それはずいぶんと弱気なことで」

ハンネスは、にこやかな表情でティーコゼーを胸元の高さまで持ち上げる。

「それ」

「ああ、気付きましたか！　アニエス様に教わって染めた布で作ったのです。可愛いでしょう」

薄緑色の布地を撫《な》でながら、ハンネスは続けた。

「私だけではありませんよ。メイドたちも、料理人も、護衛や門番の者まで。この城では今、アニエス様が染めたものが大流行しております」

騎士隊に色を揃《そろ》えたタイを作るための予算稟議《りんぎ》です、と渡された書類に苦笑して、セイランは気軽にサインをした。

「いいよ。ホルガが集めた趣味の悪い装飾品は全部処分して、アニエスの染めてくれたものに入れ替えてって言っただろう」

もちろんです、とハンネスは請け負った。

「アニエス様は、とても素敵な方ですね。明るくて真面目で、今時珍しいほどに純粋です。よくもまあ、あんな方を見出されましたね、さすがです」

「まあね。アニエスと僕は運命だから」

「いやもう、本当に。名前を間違えていらした時は、どうなることかと思いましたが」

さらりと言われ、セイランは身体を固くする。

「その話は、もうするなと言っただろう」

「いいではないですか。驚きましたからね。まさか十年間も、アニエス様の妹君の名前で花を贈り続けていたとは」

しみじみと頷《うなず》かれて、セイランは不貞腐《ふてくさ》れた顔で頬杖を突く。

ハンネスはニコニコした顔のまま、一歩執務机に近づいた。

「セイラン様、まさかとは思いますが、名前を間違えていただけで想っていた相手は変わらずずっとアニエス様であることを、まだアニエス様に打ち明けていない……なんてことは、ありませんよね？」

「……」

ニコニコした顔の圧がすごい。

「セイラン様？」

老家令はグイとセイランに顔を近づけてくる。

「……仕方ないだろう。そんなことを言ったら、幻滅される」

ハンネスはとうとう笑みを消し、右の薬指をぴんと立ててこめかみに当てると、大きなため息をついた。子供の頃から、セイランを諫《いさ》める時の癖である。

「いい加減にしてください。小さな過ちを誤魔化《ごまか》すために、一体いくつ嘘《うそ》を重ねるつもりですか。だいたい、そんなことでアニエス様が幻滅するはずないでしょう」

「そもそも、アニエスがここにいてくれるのは、妹の不実を償うためだ。その使命感がなくなったら――」

出て行ってしまうかもしれない。恐ろしい予言をセイランは飲み込む。

はあああ、と、ハンネスは大きなため息をついた。

「いいですか。ぼっちゃまが辛い思いをしたことは、十分に存じております。国王陛下にも、ホルガ様にも、多くの人に裏切られた。さぞやお辛かったでしょうね」

しかし、とハンネスは続けた。

「だからと言って、王太子殿下や、ましてアニエス様のことまで信じられなくなってどうするのですか。それはもう、誰のせいでもない。ぼっちゃま自身が乗り越えるべき問題です」

ハンネスは、ワゴンの下段から書類を取り出す。

「坊ちゃまに依頼されていました、ワグナー伯爵家の内部情報に関する調書が、まとまりました」

セイランは椅子から立ち上がり、ハンネスの手から書類を奪う。

「アニエス様のお爺様の代に仕えていた者や、アニエス様の母の血縁の方の話などを、詳細に調べて参りました。アニエス様が今までどんな想いで家を支えていらしたのか、どうかご覧になってください」

答えずに、セイランは調書に目を走らせていく。

やがて、分厚い紙の束がぐしゃりと握りしめられた。

＊　＊

「こちらには、染料となる花が植えられております。アカリユリの季節に間に合ってよかった」

見渡す限りに、薄紅色の絨毯が広がっている。

今日は念願かなって、プレトリウス公爵家の領地の山頂まで登ってきたのである。

(あの日、セイラン様と出会った場所だわ)

あの時と少しも変わらない花畑の向こうから、十二歳のセイランが、ひょこりと顔を覗《のぞ》かせそうだ。

「大奥様の秘密の花畑ですよ。プレトリウス家の方でも、知っている方はごくわずかです」

「なんて素敵なのかしら」

しかし、どうしてこのような場所に、あの日アニエスの母は、娘たちを連れてこられたのだろう。

ダンの案内でアニエスと共に畑を歩くのは、家令のハンネスと侍女のドリスだ。ちなみに今朝まではセイランも同行する予定だったが、港でトラブルが起きたと報《しら》せが入り、盛大に嘆きながら出かけて行った。

「私、固い地面の上を走るのは得意ですが畑の上というのは慣れなくて……」

街育ちのドリスは、恐る恐ると言った様子で土を踏んでいる。ドリスに手を貸しながら、周囲を見回したアニエスは叫んだ。

「まあ、あそこにあるのは温室ですか⁉」

「はい。今は宮殿に飾る観賞用の花を育てているだけですが、かつて大奥様は、染色用の花を植えていらっしゃいました」

「なんて素敵。どんな季節の花も育てられるということでしょう？　えっ……ちょっと待って。あのむこうの林は……ターコイズウッドではないですか⁉」

最後はほとんど絶叫である。

庭師のダンが慌てたように頷く。

「確かにあの辺りには、大奥様の指示で南国から取り寄せた木を植えたはずですが……」

「皮からとってもいい染料が採れるんですよ。うまく抽出すれば、誰にだって使いやすい色が、媒染剤次第で何色も採れるんです。まあ、すごいわ。あんなにたくさん‼　ターコイズウッドがこの国に根差すことができるなんて、驚きです！」

「これがターコイズですか……」

細くて黒い幹の木をまじまじと眺め、ハンネスはうなった。

「うーむ、そんな貴重なものだったとは」

「ハンネスさん、鶏舎の柵を作るからと、この木を何本も切り倒したことがありましたよね？」

ダンが、ぼそりと告げ口をする。

「いやいや、これからは気を付けなくては」

「とても綺麗《きれい》な青が採れるんです。澄んで本当に宝石みたいなの」

「まあ素敵。アニエス様の髪に似合うリボンを染めたいです！」

ドリスがはしゃいだ声を上げれば、

「私は冬の帽子を染めたいですね。毛織物だからよく染まると思うんですよ」

ハンネスもうんうんと頷く。

最近、プレトリウス公爵家の人々は染色の腕をぐんぐん上げつつある。

週に三回は行っている城の庭でのアニエスの染色教室も、回を増すごとに参加人数が増えている。

今や使用人だけではなく、出入りの商人やその妻、さらに使用人の子供たちにまで広がっているのだ。

(染色は誰にだって楽しめるって、お母様が言っていた)

台所で、ちょっと布巾を染めたりできる。生活に彩りを加えることができる。

高価な材料で染色をするのも、もちろんやりがいがある。「青の玉」に代わる「赤の玉」の研究だってワグナー家の悲願だ。

だけど、それと同じくらい、身の回りの小物を自分で染め上げることは楽しい。それこそが、アニエスにとっても原点だ。

(もっと早く、このことを思い出せればよかったわ)

例えばローザとも、そういうことをしながらもっともっと話をすればよかった。

(ローザ……)

もうじき秋がやってくる。ペレス辺境伯の領地はきっと寒いだろう。

ローザが幸せであることを、アニエスは切に願う。そうでないと、彼女のかわりに収まったこの場所で、自分が幸せであってはいけないような気がするのだ。

(ローザ、どうしている?)

温かな服を送ったら、喜んでくれるだろうか。それとも、毛織物の本場に綿製品なんていらないわ、と笑われてしまうだろうか。

（ううん。笑われたっていいんだわ。温かい肌着をたくさん縫って贈ろう。ローザに似合う色に染めた布で）

そんなことを思いながら、アニエスは、季節の移り替わる青い空を見上げたのだった。

その日、たっぷりと畑を堪能したアニエスは、山を下りて馬車に乗り換えるとプレトリウス公爵邸まで戻った。馬車を降りたところで、すぐ後からセイランが馬に乗って追いかけてきた。

「セイラン様、お帰りなさい」

ひらりと馬を降りたセイランは、アニエスの顔を覗《のぞ》き込《こ》む。

「ただいま。畑はどうだった？　今度は、絶対に僕も一緒に行くからね」

白い馬を操って、プラチナブロンドの髪をかき上げるセイラン。白いテールコートがとんでもなく似合っている。

どんどんと何かに叩《たた》かれているような気がして戸惑ったアニエスだが、それが自分の胸の中から聞こえる音だと気が付いて、さらに動揺してしまう。

（私……）

頬《ほお》を染めて黙りこんだアニエスに、セイランは首を傾けて顔を近づけてくる。

「どうかした？」

元々整ったセイランの顔が、いっそう輝いて見える。甘い声が、優しい笑みが、アニエスの頬をさらに熱く火照らせていく。

好きと意識した途端、こんなにも見え方が変わってしまうものなのか。

（ど、どうしよう、私ったら……）

二十二歳にして初めて自覚した恋心に、アニエスはいっぱいいっぱいだ。

「アニエス様‼」

不意に名を呼ばれて振り返ると、ワグナー伯爵家の筆頭侍女・ロッテが立っていた。

「ロッテ？　どうしたの？　ごめんなさい、今日って何か仕事の予定があったかしら」

週に二回ほど、ワグナー伯爵家から書類や試作が届く。アニエスはそれを確認し、さらに週に一度はワグナー家の工房に顔を出すことで、ここしばらくは家業を回していた。

今日も何かの予定が入っていただろうかとにわかに焦ったアニエスだが、そこでようやくロッテの様子がおかしいことに気が付いた。

ロッテの顔は青ざめ、目元には隈《くま》ができ、ぷるぷると震えているではないか。

「ロッテ、どうかしたの？」

「お嬢様……申し訳ありません。でも私たちだけでは、もうどうしたらいいか……」

「どうしたの？　言ってみて、ロッテ」

「旦那様が……ワグナー伯爵家の事業の全てを、売り払う契約をしてしまったのです。アニエス様と……奥様が作ってきた『赤』の技術までが、奪われてしまいます‼」

世界が、一瞬で色を失ったような気がした。

＊

「トリスタン君から連絡が来ましてね。ペレス辺境伯家が、うちの事業を丸ごと買い取ってくれるそうなのですよ。邪魔なだけの資材や道具から、母娘で無駄に時間をかけていた、どうでもいい色を作る技術についてまでもです！」

ワグナー伯爵は、大きな口を開けて笑った。

プレトリウス城の前でロッテと会ったアニエスは、そのままワグナー家へと駆け付けた。

セイランを伴って現れたアニエスに父のワグナー伯爵はあきらかな動揺を見せたものの、すぐに開き直り、アニエスを無視してセイランにむかって事情を説明し始めたのである。

「元々私は、我が家の家業が性に合わなかったのです。糸や布に色を付けるだけなんて、手間だけかかって利益が薄い。貴族のすることではないというのに、亡き父も妻も、娘までが望んでやることにうんざりしておりました。試しに父が生涯を捧《ささ》げた研究とやらをギルドに売ってみましたが、大した金にはならなかった。その程度のものに過ぎないんですよ」

「お爺様の『青の玉』は、素晴らしい技術です。あれは、ギルドから騙《だま》されたから……」

アニエスをぎろりと睨《にら》みつけ、伯爵は大きな声を張り上げた。

「そうしましたら、次女のローザが嫁いだペレス家からちょうど申し入れがありまして。これは渡りに船と思いませんか？　事業には、こういう時の運が必要なのです！」

無言のままワグナー伯爵を見つめていたセイランが、ようやく口を開いた。

「ペレス家との契約書は？」

「ああ……こちらですよ」

セイランに気圧《けお》されたように伯爵が差し出した契約書を、セイランはぱらりとめくって目を走らせて、黙ってアニエスに渡してくれた。震える手で開く。

母から引き継ぎアニエスがみんなと少しずつ積み上げてきた、特別な赤色を作る染色技術をすべて、ペレス辺境伯家が引き継ぐこと。金輪際、ワグナー家はその技術を主張も使用もしないこと。ほとんどそれですべての契約書。

かつて「青の玉」の時にギルドと結んだものよりもひどい内容だ。

「こんな契約書が成り立つはずがありません。まさか、こんな一方的な……」

だけど最後のページを見て、アニエスは座り込みそうになった。

父のサインが既に入っているのだ。

「お父様、こんなことは……とうてい、認められません」

「あ？」

ワグナー伯爵は、苛立《いらだ》ったようにアニエスを見た。

すごんだ声が、部屋を震わせる。

いや、アニエスは、幼い頃から父に対して一切の口答えを禁じられてきた。

アニエスだけではない。

母も、ローザも、使用人たちも。少しでも異を唱えると、血走った目で睨まれ罵倒された。

女のくせに、使用人のくせに、生意気だ、逆らうな。

唯一父を黙らせることができた祖父の死後、それはさらに加速した。

母はアニエスとローザを抱きしめて、何度も何度も繰り返したものである。

——お願いよ、お父様に逆らわないで。

言うことを聞いて。波風を立てず、受け入れて。

そうすれば、いつか嵐は過ぎるから。

父の機嫌さえ損なわなければ、怒鳴られる回数も、みんなで完成させた商品を捨てられることも減る。仕事だって、続けることを許される。

女の身で、貴族家の長女で。それでも好きなことを続けるには、それくらいの我慢は当たり前なのだから。

そう自分に言い聞かせて、アニエスはこの十年間を生きてきたのだ。

笑って、受け流して、耐えて、息を殺して、従って。

(だけど)

アニエスの脳裏に、明るい光景が浮かぶ。

青い空の下、はためく色とりどりの布巾、ピンクに染まったシルクのシャツ。

染色液で顔まで染めた、プレトリウス公爵家の人たち。

——君のお母さんの技術は、君に受け継がれているんじゃないの?

そう言ってくれた、セイランも。

アニエスはこくんと息を呑《の》み込《こ》んで、父の目を見た。

「ワグナー家の染色技術は、お爺様とお母様から、みんなで引き継いできたものです。お母様の赤も、もう少しで完成します。お願いです。今ここで売り払ってしまっては、すべてが無駄になってしまいます」

「知ったことか。私はその金で王都に移るんだ。生意気なことを言うな‼」

酒で潰れた低い声。血走った目で睨まれると、アニエスはいつも震え上がり、委縮していた。

「お父様。事業の売却は、お辞めください」

震える声で、しかしきっぱりと繰り返すアニエスに、ワグナー伯爵はカッと目を見開いた。

「黙れ!　女が生意気をぬかすな!　おまえの母はただの職人、この家の当主は私だぞ‼」

伯爵が、机の上のグラスを振り上げた。アニエスは目を閉じずにじっと見返す。感情が昂《たかぶ》ると、手が出る。

まずは物をぶつけて壊して、大声を上げて。それでも反論しようものなら、その腕は母やアニエスに向けて振り下ろされる。

(だけど、そんなことで黙ってはいけなかったんだわ。黙ってしまえば、同じことが繰り返されるだけ)

「お父様、そんなことをしても無駄です。私は絶対に引きません」

「こいつっ……くうっ⁉」

しかしグラスを投げつける寸前、伯爵はうめき声を上げた。

その太い腕を、セイランが強く掴んだのだ。

「っ……何をする‼」

「それはこっちの台詞《せりふ》だ。僕の妻になにをするつもり？」

セイランはこんなに冷たい声が出せるのか、とアニエスは驚いた。

さえざえとした光をグレイの瞳に宿らせたセイランが、じっと伯爵を見下ろしていた。その瞳に浮かぶのは、軽蔑と嫌悪、そして強い怒りだ。

「くっ……痛っ……‼」

セイランが掴んだ伯爵の腕から、ミシ、と骨がきしむ音がする。

「セイラン様っ……」

アニエスが叫ぶと、セイランはようやく手を離した。

伯爵は数歩あとずさり、腕を反対の手で押さえ、アニエスを一度睨むとセイランを見て、おもねった笑みを浮かべた。

（あ……）

ひやり、とアニエスの心臓が冷たくなる。父が何を言い出すか分かったのだ。

「――セイラン様。あなたのお怒りはもっともです。十年間もローザをお望みだったのに、似ても似つかないアニエスなどを押し付けてしまった。大変申し訳ないと思っておりますよ」

（やめて）

さっきまで自分でも驚くほどに静かだった心臓が、どくんどくんと鳴り始めた。

この一か月、ずっと触れないようにしていた二人の関係の本質に、父がずかずかと入り込んでくる。

「そうだ、ローザを離縁させて呼び戻しましょう！」

セイランが何も答えないので、伯爵はさらに口の両端を吊《つ》り上げた。

「この売却話はなくなるかもしれませんが、なあに、私としましてはもちろん、ペレス家よりもプレトリウス家の方が大切ですからね。セイラン様のお望み通り、妹のローザの方を差し出します。そもそもあっちの家も最初はアニエスでいいと言っておりましたから、姉妹をこの機会に入れ替えてやればいい。当主である私の命令に、逆らう娘はいませんからな‼」

「お父様……」

この人は、娘たちを何だと思っているのだろう。

アニエスにも、そしてローザにだって、意志というものがあるのに。

震える手でスカートを握りしめたアニエスが、口を開こうとした時だ。

「アニエスの作る色を、お前は知っているのか？」

セイランが、淡々とした声で言った。

「気温や気候と相談して、花や草木の声を聞いて。素材に触れてアニエスは、あらゆる色を紡ぎ出す。アニエスは、ずっと灰色だった僕の世界に色を蘇《よみがえ》らせてくれたんだ」

廊下にひしめき合って部屋の中をうかがっていた使用人や職人たちが、目を丸くして顔を見合わせる。

「それをこんな、二束三文で北部の貴族に売りはらう？　そんなことは、この南部に住む人間すべてへの冒瀆《ぼうとく》だね。プレトリウス家の当主として、見過ごせるはずがない」

片方の目をすがめ、セイランは唇の端を持ち上げる。

「大体、前提から間違っているだろう」

「え……」

「この家の事業はすべて、とっくにアニエスが仕切っているはずだ。お前がこんな契約書で売却したところで何の意味もないよ、馬鹿らしい」

ワグナー伯爵は気圧されつつも、焦ったように叫ぶ。

「それは……！　ち、違うのです。ワグナー家の事業はすべて、私が成し遂げたことです。よく考えてください、セイラン様！　そんな小娘に何ができるでしょうか！」

セイランが、一歩踏み出した。

「ひっ」

身をすくませる伯爵の脇をすり抜けて、呆然《ぼうぜん》と立つアニエスのところまで戻ると、セイランはアニエスの手をそっと取った。

たくさんの色が重なって、そのまま色付いてしまった指先を、掲げるように持ち上げる。

「おまえのその、指輪のはまったぶくぶくの指と、このアニエスの美しい指先を見比べれば、どちらの言うことが正しいか一目瞭然だろう。それに……」

セイランは、おもむろに部屋の入口を見やる。

「おまえたちの当主は誰だ？　この十年間、この家を支えてきたのは誰か、言ってみろ」

開いた扉から心配そうに中を覗き込んでいた使用人や職人たちが、話を振られて顔を見合わせる。

メイドたちが、料理人が、技術者たちが、農夫たちが、静かに頷き合う。

「ア、アニエス様です……！」

最初に口を開いたのは、ロッテだ。

「アニエス様……」

「アニエス様だ」

「アニエス様に、決まっています‼」

勇気を振り絞るような小さな声は、やがてさざ波となって、部屋の中に広がっていく。

「ワグナー伯爵、お前がいくら資材や手引書をかき集めて売り払おうとしたところで、何の意味もない」

目を丸くするアニエスを、セイランは自分の方に引き寄せた。

「ワグナー伯爵家の事業は、亡き前伯爵と伯爵夫人が積み上げた技術は、すべてアニエスの中にあるんだから」

セイランは、アニエスの手の中から契約書を受け取って、びりりと半分に、さらにもう一度半分に、割いていく。

「ワグナー家の財産は、アニエス自身だ。とっくにそうなっていたことにも気付かなかったの？　救いようのない愚か者だね」

心底呆れたように言ってのけ、セイランはワグナー伯爵を見下ろした。

「ワグナー家の領地経営と家業の運営は、アニエスの意向と指示のもと、プレトリウス家が預かる。今後一切お前の手出しは認めないし、僕の妻に近づくことも許さない」

セイランに促されて、アニエスは部屋の出口に向かう。扉を出る瞬間に一瞬振り返ると、伯爵はがくりと床に膝をついていた。

ずっとずっと恐ろしくて、逆らうことなんて想像できなかった。

だけど、アニエスを縛り付けていた鎖を、セイランが断ち切ってくれたのだ。

いや、最初からそれは鎖ですらなかったのかもしれない。がんじがらめにされていると、アニエスの腕では引きちぎることなどとてもできないと、かたくなにそう思い込ませていたのは自分自身だったのかもしれない。

顔を上げると、こちらを見て微笑むセイランと目が合った。

呪縛が、解けていく。


「アニエス」

アニエスの腰に手を添えて廊下を通り抜けたセイランは、ホールにたどり着くとようやく立ち止まった。

「ワグナー家の事業のことは、君が今まで通り、思うようにすればいい。これからは、僕が全力で後押しするよ」

立ち止まったセイランは、周囲で見守っている使用人たちを見回した。

「いや、違うな。染色技術に関しては、ワグナー家が南部で一番先進的だ。どうか僕たちに、君たちの知見を分けてほしい。一緒に南部の技術を国中に……いや、世界中に広めていこう」

顔を見合わせた使用人たちが、みるみる興奮した笑顔になっていく。

やがてワグナー家のホールは、わあっという歓声に包まれた。

「セイラン様」

セイランは、はにかんだように笑った。

「あとさ、僕は君にまだ伝えなきゃいけないことが……」

言いかけたセイランの視線が、ホールを挟んだ反対側の壁で止まった。

寝室へと続く薄暗い廊下。屋敷で一番長いその廊下の壁にかけられたものを見ているのだと気が付いて、アニエスは焦る。

「あ！　あの、あれは」

止める間もなく、セイランはするりとホールを横切り、廊下の入口に立ってしまった。

「これ」

人一人がやっと通り抜けられるほどの細い廊下の左右の壁、そして天井まで。

びっしりと布が飾られている。

青や黄色、橙《だいだい》に緑、水色、茶色、そして、赤。

全ての布がそれぞれに、鮮やかな色で染められている。

色彩の洪水のような廊下を進み、セイランはその先の扉を開いた。

「待ってください、セイラン様！」

夕方の日が差し込むその部屋は、まるで工房のような、アニエスの私室。

その壁も一面、同じような布で埋め尽くされている。

アカリユリに、コハクグサ。カラメルバナ、コトリリンドウ、ネムノクサ。

一枚一枚丁寧に花の色を移しとった、鮮やかな布たち……。

「すごいな。これは全部、君が？」

「えっと、それは」

「アニエス様が、セイラン様の花で染めたものです！」

二人の背後から、震える声がした。

「ロッテ！」

アニエスが止めるのも聞かず、ロッテは真っ赤な顔で歩み出て声を張り上げた。

「セイラン様がローザ様にお送りくださった花を世話をしていたのは、アニエス様でした。毎月届く花を、少しでも長持ちするようにと。そして盛りを過ぎてしまう前に、そうやって色を採って布地に移して、大切に残されました。十年間ずっと、毎月毎月」

アニエスは、あわあわしながらセイランの前で両手を振る。

「申し訳ありませんセイラン様。私が勝手にしただけで……」

「お花のお礼状だって、すべてアニエス様が書いたものです‼」

「ロッテ、ちょっと待ってちょうだい！」

「アニエス」

ふわりと白いテールコートが揺れたと思ったら、セイランが膝をついていた。

遠巻きに様子を見ていた使用人たちも、みんなが目を丸くする。

「アニエス、ありがとう」

誰より驚くアニエスの足元に跪《ひざまず》き、セイランは振り絞るように言った。

「僕の、君への想いが詰まった花を、君自身がこうやって大事にしてくれていたことを知れて、すごく……すごく、嬉《うれ》しい」

「セイラン、様……？」

（私への……？　だって、あの花は全部、ローザ宛の……）

十年間、王城に軟禁されながらも、一度も欠かさず捧げ続けた、一途《いちず》な想いの結晶なのに。

戸惑うアニエスに、セイランは悔しげに唇を噛《か》んだ。

「このくだらない真相を知ったら、君は驚いて呆れて、僕のことを格好良くて完璧な次期公爵だとは、もう二度と思えなくなってしまうかもしれない。僕はそれが怖かったんだ。くだらないよね」

「えっ……？」

「だけど、聞いてくれるかな。この僕のくだらない勘違いと、十年経《た》っても変わらない、いや、どんどん強くなる一方の、君への想いのたけのすべてを」

泣き笑いのような表情を浮かべて、セイラン・プレトリウスは、はっきりと告げた。

「最初から。十年前、君に出会ったあの時から、僕が花を贈りたいのは君だけだよ、アニエス」

＊

「これは」

その夜、セイランは箱を持って寝室に現れた。

その中には、おびただしい数の封筒の束が収められている。

「花の礼状だよ。君が、妹の代わりに書いて贈ってくれたものだ」

そっと一枚手に取ってみた。その月に届いた花の色や香り、形がどれだけ素晴らしいかについての文章が、みっしりとしたためられている。アニエスは冷や汗をかいた。

「すみません……私、こんなにびっしりうんちくを書いていましたか？　改めて見返すと、恥ずかしいです」

「ああ、それは僕が十三歳の五月のものだね」

ぱっと手に取り、セイランは中を確かめた。

「やっぱり。コトリリンドウの花について書いている。君が、この花を『夢の中の鳥みたい』と表現したのが面白くて、ここから三年間は毎年同じ月にこの花を贈ったんだよ。そうしたらほら、翌年は『素敵な夢に連れて行ってくれそうです』って書いてくれて、嬉しかったんだ」

これだよと、セイランは分厚い束の中から迷いなくその一年後の手紙を抜き出す。

「セイラン様」

「なに？」

「まさか、すべての手紙の内容を、覚えていらっしゃったり……するのですか？」

セイランは、悪びれずに肩をすくめた。

「そりゃそうだよ。何回読み返したと思うの？」

「だって……十年間ですよ……？　単純に計算しても、百二十通……？」

「正確には百十八通。たった、百十八通だ。それしかないことがせつなかった。この百十八通が、僕にとって、どれだけかけがえのないものだったか」

アニエスを覗き込み、セイランは真剣な顔になる。

「確かに僕が君を好きになったのは、十年前、あの畑で初めて会った時だったかもしれない」

だけど、と続ける。

「その気持ちを育んでこられたのは、この手紙があったからだ。僕は君がいなかったら、とうに……もっともっと、歪《ゆが》んでいたと思う。そうならなかったのは、君のおかげだ」

「セイラン様……礼状を書いていたのが私だと、いつから気付いていたのですか？」

「再会した時からそうだろうと思っていたけど、結婚誓約書に君がサインをしてくれた時に確信した。ワグナーの書き方が、全く同じだったからね」

アニエスは驚く。そんなにクセのある筆跡ではないつもりなのだが。

「僕は、王城でいろんな人に騙された。ほら、僕って昔ちょっと格好つけだったろう。簡単に騙せたんだろうね。そのうち、誰のことも信じられなくなっていた」

アニエスの髪をそっと撫で、セイランは笑った。

「だけど、君の手紙のおかげで、人の心にはたくさんの色があるってことを思い出せた。今見えている景色が全てではないと、希望を持てた。そうだ、再会するずっと前から、君は僕の世界に色をくれたんだよ」

セイランは片膝を突き、アニエスの右手を両手で握った。

「それでもまだ、僕は臆病なままだった。やっと手に入れた君を手放すことが怖すぎて。僕の格好悪いところを知ったら、君に呆れられてしまうんじゃないかなんて思って」

セイランは、アニエスの目をじっと見上げた。

「だから、偽装結婚だとか言って、君を縛り付けようとした。すごく愚かだったと、今なら分かるよ」

セイランの前に、アニエスは自分も両膝を突く。

「セイラン様。また、手紙を書いてもいいですか？」

「え？」

「これから先、十年間。いいえ、もっと、ずっと長く。セイラン様に、私の気持ちを伝えたいです」

手紙のサイン「ローザ・ワグナー」の部分にそっと指を添えて。

「これからは、ちゃんと私の名前を入れて」

一度言葉を切ってから、アニエスはセイランを見上げた。

セイランの顔が赤い。だけどきっと、アニエスの顔はもっと真っ赤なはずだ。

「セイラン様が、好きだって伝えたいのです」

「っ……」

セイランは僅かに目を瞠《みは》って、くしゃり、と泣きそうな顔になった。

「それじゃあ、僕も毎月……いや、毎日、君に花を贈るよ」

セイランは、アニエスの後頭部を引き寄せて口付けた。

「アニエス、好きだよ。君が好きだ。ずっとそばにいてほしい。これからもずっと、期限なんか、設けないで」

離れた唇は、アニエスが答えを紡ぐ前にまた塞がれる。

「ん……」

アニエスの腰を抱き寄せ、指を絡め、セイランはキスを続ける。その勢いのまま、アニエスの腰は背後のテーブルの上に載ってしまった。

テーブルに座ったアニエスを閉じ込めるように、セイランは左右に両手を突く。

「今日は僕、君に格好悪いところばっかり見せているな」

ちょっと唇を尖《とが》らせて、拗《す》ねたような顔が可愛い。

「そんなことないです。セイラン様は格好《かっこ》いいです」

「本当？」

「はい。いつもと変わらずとっても格好良くって……そして、今まで以上に、可愛いです」

「可愛いのは、ちょっと嫌だな」

「嫌ですか？」

「……いいけど。世界で一番可愛い君に言われるなら、むしろ栄誉なことかもしれない」

もう一度、セイランはアニエスに口付けた。アニエスの背中に両手を回し、ドレスのホックを外していく。

「アニエス」

息継ぎと共に零《こぼ》れる声は、いつもよりさらに熱を帯びて、少しの余裕も感じさせない。

溢《あふ》れた胸を、両手で左右から包まれる。乳首を丁寧に指先で擦られる。ピクリと跳ねたら、姿勢をかがませたセイランが、唇で先端を吸い上げた。

「あっ……！」

左右交互に胸の先を甘噛みされ、尖った舌先で弾かれる。

「んっ……はっ……あんっ……」

セイランが、自分の身体に触れている。

「アニエス、可愛いね……好きだよ。好きだ」

敏感なところに触れられる直接的な感覚以上に、セイランが自分の名前を囁《ささや》いてくれることが、想いを囁いてくれることが、アニエスを熱く蕩《とろ》けさせていく。

誰かの代わりではない。

契約でもない。

アニエスに触れたいと思って、熱をぶつけてくれている。

身体の芯が熱くなる。一番敏感なところが、ずっと剥《む》き出しにされていく。

（こんな、すごい……今までで、一番……）

アニエスの膝から太ももへ、熱い手が辿《たど》って上がってくる。たどりついた先の下着を、するりと抜き取られてしまった。

「見せて」

「えっ……」

今までも、そこを触られることはあった。だけど今、アニエスの両脚は大きく開かれ折りたたまれ、隠すことができない場所を、セイランの前に晒《さら》されている。

「ま、待って……ください……こんな明るいところで……」

「ずっと、君の全てをよく見たいと思っていた」

セイランは、アニエスの両脚を折り曲げて自分の肩に乗せた。アニエスは、テーブルの上に仰向《あおむ》けに倒れてしまう。

「きゃあ⁉」

それはただ、脚の間を上に向けて、セイランに捧げるだけの格好だ。下着はとうに抜き取られているので、全てを見られてしまっている。

「すごいな……思っていた以上に、ものすごく綺麗だ」

くちゅり、と濡《ぬ》れた音がする。そこが左右に開かれたのだ。

「や、だめ、あっ……」

「まだ触ってもいないのに、もう、すごく濡れている」

言い当てられて、かあっと頬が熱くなる。

「や、ごめ、ごめんなさい……見ないで……」

「謝ることない。すごく嬉しいし、可愛いんだ」

熱い身体の内側に、空気が触れる感覚。セイランの指は優しくそこを開いたまま、上下に撫でた。くちゅくちゅ、と音が響く。

「っ……あっ……んんっ……‼」

恥ずかしいのに、声を止めることができない。ちゅぷり、と中に指が埋められた。

「あっ……‼」

その場所は、いともたやすくセイランの指を飲み込んだ。

セイランは反対の手の指先で、アニエスの敏感な突起の先端までつつく。

「ま、待って……」

「可愛いね。ここ、ちょこんと顔を出している。僕に触られたいんだな」

笑みを浮かべたセイランが、唇を舐《な》めた。

そのまま、アニエスの両脚の間に身をかがめる。

「えっ……⁉」

ぬちゅり、と下から舐め上げられた。

「や、うそ、だめです……」

相変わらず指は中に埋められて、ちゅくちゅくと出入りを繰り返している。その一方で、アニエスの最も敏感な突起は、セイランの尖らせた舌先で弾くように舐められた。

「っ……あぁんっ……‼」

両膝を擦り合わせるようにして、アニエスはあられもない声を上げる。

「どんどん溢れて来たね。全部こぼさないように飲んであげる」

「や、やめっ……」

「やめない。アニエスのくれるものは、全部僕のものだ」

ぢゅち、と音を立てて、セイランがそこに吸い付いた。

ぴたりとセイランの口が、アニエスの秘所を塞いでいるのだ。さらに舌が、中に入ってくる。ぐにゅりと熱い彼の舌が、まるでアニエスを食べるように。

「っ……あっ……ああっ……」

アニエスは思わず腰を浮かせる。急速に、高みに引き上げられていくのを感じる。

「あっ、ああっ……」

「ここも、可愛い」

秘所の小さな突起の、芯の部分をくりっと舌先で転がされた。

アニエスの腰がふわりと浮く。力が抜けて、圧倒的な快感に飲み込まれていく。

「あ、少しだけ充血してきた」

「ああっ……んっ……だめ、へ、変になりますっ……」

切羽詰まった悲鳴を上げ、背中をぶるりと震わせた。

あと一度、その場所に触れられたらおかしくなってしまう。その寸前で、セイランはぴたりと舐めるのをやめた。

濡れた口元を手の甲で拭うと、悪戯《いたずら》っぽく笑う。

「続きはこっちだ。おいで」

軽々とアニエスを抱き上げて、ベッドの上に連れていく。身体に力が入らないアニエスは、ただくったりと身を任せるだけだ。

「アニエス。君を好きだと告げながら抱けて、僕はすごく嬉しいんだ」

柔らかなベッドに仰向けに横たえられたアニエスの、片方の足をセイランが開く。

「あ……」

「どうしたの？」

「あ、あの……なんでも、ありません」

本来なら、今日は交わりを避けていた期間だった。ぼんやりして、思わず口に出してしまった。

「どうかしたの？　言って、アニエス」

セイランが不思議そうに繰り返す。熱を帯びた頭で暦を数えていたアニエスは、問われるままに答えてしまう。

「子供が出来やすい時期を、今までは避けていましたので……」

ぴたり、とセイランが動きを止めた。

彼の切なげな視線に、アニエスは自分が何を口走ったかに気付く。

「も、申し訳ありません。でも、もう……」

「ごめんね、アニエス。君ひとりに色々なことを背負わせすぎた」

はあっと息を吐き出して、セイランはアニエスに口付けた。

それと同時に、アニエスの秘所に熱くて硬いものが当てられて、すぐに先端が押し込まれてくる。

「っあっ……」

「っ……だけどもう、そんな心配いらないよね?」

セイランは眉を寄せて、背筋をぶるりと振るわせると、そのままそこでじっとする。しばらくしてから熱っぽい瞳を開き、アニエスをじっと見つめて微笑んだ。

「ああ、いいね。君の中……熱い」

セイランが、さらに奥へと入ってくる。

じわじわと中に進んでくる。道を開いて、ゆっくりと。

「っ……あっ……んっ……」

「アニエス、可愛いな……」

とん、と奥にたどり着いた。腹の上にセイランが手を置く。外側と内側から、優しく押さえつけられる。

「分かる？　僕が、アニエスの中に入ってるってこと」

「セイラン様……」

とんとんと、奥をやさしく探られた。

掌で腹を押さえられているから、本当に形が暴かれてしまいそうだ。

「んっ……あっ……ぁんっ……」

さらに、揺れる胸を手の中で遊ばれ、先端を弾かれる。

「……気持ちいい、アニエス……」

かすれた声で、耳元でささやかれた。

アニエスは、キュッと目を閉じた。瞼《まぶた》の色に、赤や黄色が光をはらんで揺れている。

セイランのものが、アニエスの腹の裏側を擦り上げていく。

内側の敏感な部分をあますところなく確かめながら、奥へ奥へと入っていく。

やがて、最奥にたどり着いた。

その場所を、とちゅとちゅと突く。

濡れた音と、身体の奥を優しく味わわれるような感覚に、一突きされるたびアニエスの身体から力が抜け落ちていく。

セイランは、アニエスの腰の両脇を指先でスッとなぞり上げ、臍《へそ》の下をくっと押さえる。

一度入り口近くまで戻ったかと思うと、アニエスの一番弱いところに押し当てて、そこをぞりぞりと角度をつけて、引っ掻《か》くように擦るのだ。

「あっ……あああっ……！」

アニエスは腰を反らせて、首を横に振った。

気持ちいい。力が入らなくなってしまう。

その様子をじっと見つめて、セイランはほのかに微笑むと、アニエスに口付けた。

「アニエス、可愛いね」

「セイラン様ぁ……」

「っ……駄目だ、一度出すよ、アニエス」

セイランはアニエスを抱きしめて、口付けながら精を吐き出す。

しばらくじっとしながら息を整えた後、ずるりとセイランはアニエスから外へ出た。

力が抜けて動けない身体を裏に返されて、背中を優しく撫でられた。

と思ったら、今度は後ろから、ぢゅぷり、と入ってくる。

「っ……!?　セイラン様、もう……」

アニエスは、すでに力が入らない。

「ごめん、アニエス。何度でも出る」

セイランが、アニエスの肩に口付ける。

体中が敏感になっていて、アニエスは声を上げながら背中をぶるりと震わせた。

さらにセイランは奥に自分を押し付けながら、手を前に回して指の腹でアニエスの敏感な突起をくるりと撫でた。

「アニエス、もっとだ。もっと声を出して」

「あ、や、んんっ、セイラン様……‼」

さっきはもう限界だと思ったのに、アニエスの身体はさらに高みへといざなわれる。

後ろから突かれると、さっきまでとまた違うところが擦られるのだ。

柔らかなベッドとアニエスの身体の間に差し込まれたセイランの両手が、上がってくる。胸を両手で弾ませて、先端を指先でくりくりといじる。

「あっ……んっ……」

ぴくん、とアニエスの身体が跳ねる。内側が、奥から入り口にかけて順にきゅんっと絞られていく。

「アニエス……達しそう？　いいよ、僕も……」

達する、って何ですか？　その疑問の答えはそのすぐ直後にやってきた。

セイランの指が、アニエスの入口の突起を撫でた。

その瞬間、アニエスは言葉にならない声を上げて、ベッドのシーツを握りしめる。

背中を反らし、一気に力が抜けていく。

「アニエス……好きだ、愛している」

セイランは耳元で囁いて、アニエスの中にさっきよりもさらに多くの欲望を放った。

その夜、セイランはそれからさらにもう一度、アニエスを正面から抱きしめて繋《つな》がった。しっかりと強く抱きしめて、ぴくりとも身じろぎできないようにして、突き上げた。蕩けそうな刺激と甘やかな熱、そしてあふれるほどの愛の言葉に包まれながら、アニエスは気をやってしまったのだ。

第六話　爵位継承式

「これは……」

扉の向こうに広がる光景に、アニエスは息をのむ。

プレトリウス公爵領の一画に建てられた煉瓦造《れんがづく》りの立派な建物は、巨大な工房となっていた。

「母が作ったんだよ。本格稼働の前に亡くなってしまったんだけれどね」

セイランに連れられてアニエスと共にその工房へと足を踏み入れたのは、ワグナー家の使用人たちだ。

「まあ、アニエス様、綿織機がこんなにたくさん！」

ロッテが歓喜の声を上げて指さすのは、綿織維を綿花から分離させる綿織機である。

少し型が古いものの、十分に使えるものばかりだ。

「こんなにたくさんあれば、効率が上がるなあ」

職人たちが頷き合う。

窓際に、大小さまざまな鍋や笊《ざる》がずらりと並んでいることにも気が付いた。

「アニエス様、こちらも最高級品です。まあ、攪拌機《かくはんき》もある!! それもこんなに大きな!!」

沸き立つロッテたちと工房内を見渡して、アニエスはセイランを振り返る。

「本当に、ここを使ってもいいのですか？」

「もちろん。喜んでもらえてよかった。この工房も、とっくにホルガたちに潰されたと思っていたんだけど」

「セイラン様が王都に発《た》った後、私どもですぐに扉を閉ざして、ホルガ様には農具置き場になったと説明しておきましたよ！」

ハンネスをはじめとした優秀すぎる使用人たちが、セイランの母の工房を守り続けてくれたのだ。

ドリスが、窓のカーテンを端から上げていく。

明るい光が広い工房を満たした時、今まで薄暗かった奥の棚に置かれていた秤《はかり》に、アニエスの目は引き寄せられた。

「これ……」

独特の形をした秤だ。だけどとても使い勝手がいいことを、アニエスはよく知っている。

(だって、これは)

「これは、私のお母様が作った秤です！」

同じものが、ワグナー伯爵家の工房にもあった。

しかし五年前、理由は忘れたがいつものように癇癪《かんしゃく》を起こしたワグナー伯爵が、叩《たた》き落《お》として踏みつけて、壊してしまったのだ。

そっと指先で秤に触れるアニエスに、ハンネスが驚いた顔で明かした。

「この工房を作るにあたり、大奥様は職人の方と相談を重ねていらっしゃいました。大奥様が実力をお認めになった、南部で代々技術を受け継いできた染色職人です。彼女の家と協力して、染色技術を広めていきたいとおっしゃっていました。もしかして、あの方が……」

(お母様だわ)

十年前、プレトリウス公爵家の花畑で初めてセイランと会った時のことを思い出す。

どうして斜陽伯爵家の娘のアニエスが、セイランとあんな時間を持てたのか、ずっと不思議だったのだ。

あの日、アニエスの母はおそらくセイランの母の招待で、アニエスとローザを連れて、プレトリウス家の花畑を訪れたのだ。

「セイラン様、私のお母様も、ここに来たことがあったのですね」

「そうだね。僕も驚いたけど、きっとそうだ」

元王女の公爵夫人と、伯爵夫人とはいえ職人の娘。

身分も立場も全く違う二人が、この場所で色を作って笑いあって、夢を語り合ったのだろうか。

男たちに独占された南部の技術を、女性二人で奪い返そうとしたのだろうか。

(奪い返すのではなくて、新しく作ろうとしたのかもしれない)

「お母様も、幸せだったと思っていいでしょうか」

浪費家で浮気性の父に軽んじられながら、ひたすらに働いていた母も、ここで夢を見たのだろうか。

「当たり前だ」

唇を結んだセイランが、アニエスの身体を抱き寄せる。そのまま胸の中にぎゅっと抱きしめてくれた。

「君がいたんだ。君みたいな娘がいたんだから、それだけできっと幸せだったよ」

アニエスの髪を優しく撫でながら、セイランは職人たちを見渡した。

「さあ、他に何が必要？　材料も機材も、足りない分はいくらでも発注してくれて構わない。花や根、実や木のような植物はもちろん、アニエスが欲しがっていた虫や貝も――だけど一つだけ、どうしても譲れないことがあるんだ」

職人たちが緊張したように顔を見合わせるのを見届けてから、セイランはニヤリと笑った。

「この工房で、最初に作るのは僕の愛する妻のドレスだ。一か月後に迫った爵位継承式と、二か月後の結婚式。特に結婚式はこの国の歴史に残るほど盛大なものにする予定だから、みんなの技術を結集させて、大陸で一番綺麗な布を染め上げてくれ」

目を丸くするアニエスの隣でそう宣言したセイランに、職人たちはうわっと歓声を上げた。ロッテが前掛けで目をおさえている。ドリスがその肩を抱き、ハンネスはハンカチーフを差し出したが、彼の目も負けずに真っ赤になっていた。


こんなにも幸せすぎて、いいのだろうか。

アニエスは毎日大忙しだ。

朝はセイランと共に目覚め、食事をとり、彼を仕事に送り出すと、自分も工房へと向かう。みんなと協力してふんだんな材料で思う存分仕事をし、そして夕方、帰ってきたセイランと共に食事をして、二人きりの幸せな時間を過ごすのだ。

「セイラン様がプレトリウス家のご当主になることで、南部はきっと変わるだろうと皆が噂《うわさ》をしていますよ」

そう教えてくれたのはロッテだ。

「今まではギルドの製品をすべて、ホルガ・プレトリウスの名で卸していたでしょう。それが、製造者の名を出してくださることになった。どこの工房も張り切っていました」

「そうなの？　ギルドの人たちはみんな、ホルガ様を支持していると思っていたわ」

戸惑うアニエスに、職人たちは顔を見合わせる。

「みんな、馬鹿じゃありません。南部のことを考えてくださる方は誰か、ちゃんと見ていますよ」

　ほっとするアニエスに、職人たちもニコニコと笑う。

「ホルガたちが独占していた大旦那様の青の技術も、セイラン様が爵位を継承した暁には、アニエス様に返してくださるそうです」

「大旦那様もお喜びだろうと思うと、私はもう嬉しくて」

「ワグナー家の作ったものだと胸を張って言えるようになる。やる気も出るというものです」

　職人たちはやる気に満ちた表情で、糸を繰り布を織り、そしてそれらを様々な色に染めていく。工房はさらに人員も増えた。プレトリウス公爵領の領民から、技術を学びたい人々が集まってきてくれたのだ。

「さすがプレトリウス家の正統な当主。この南部を変えていただく希望です！」

　セイランが褒められるのを聞くと、アニエスは胸がぱんぱんに温かくなって、自然と笑顔がこぼれてしまう。自分が褒められるよりも、遥《はる》かに嬉しいのだから困ってしまう。


　ここに来て、爵位継承式の招待者もなぜかぐっと増えた。

　今までは南部貴族が主だったが、それに加えて国中のあらゆる地域に領地を持つ上位貴族たち、さらに高名な学者や芸術家といった有名人までがずらりとリストに加わったのだ。

しかし何よりも特筆すべきは、この国の次期国王である王太子・エリックとその妻のカロルが招待されたことだった。

王都から遠く離れたこの南部まで、結婚したばかりの王太子夫妻がわざわざ訪れる。そのニュースは、瞬く間に南部中を駆け巡った。

王太子夫妻の到着に合わせて、継承式の前日には歓迎会を兼ねたレセプションが開催されることになった。

そんな慌ただしい毎日にありながらも、セイランは約束通り、毎日アニエスに花を届けてくれた。

アニエスの就寝後は、枕元に毎晩花を残してくれる。仕事の合間に現れて花を手渡し、一瞬でもアニエスを抱きしめてからまた出発する。それがたとえ、職人たちがそろった工房だったとしてもだ。

そんなにも思いやり深いセイランの、偽装ではない本当の妻として継承式を迎えられることが、ただただ嬉しく誇らしくもあるアニエスである。

「そんなたいそうな話じゃないいよ。ただ僕が、君に少しでも会いたいだけだ」

椅子に座ったセイランが言う。

声がくぐもっているのは、アニエスの首筋に顔を埋めているからだ。

「でも、私は、セイラン様に少し会えるだけでも、あっ……嬉しく、て！」

アニエスはきゅっと眉を寄せて、唇を噛む。

継承式での動きについて、セイランの執務室で最終的な打ち合わせをしていたのだ。

あらかじめ、アニエスがびっしり確認事項を書き込んでおいた式次第を執務机に広げ、全体の流れを一度確認したところで、顔を上げたアニエスの唇をセイランがふさいだのである。

服を着たまま椅子の上へと抱き上げられ、口付けながら服をはだけさせられた。

はしたなく足を広げられ、セイランの足を挟むようにして向き合って座らされ、はだけた胸元からこぼれた乳房を揉まれている。一方で下着の上からカリカリと、秘所の近くの敏感な突起を何度も掻《か》かれているところである。

「うん、僕もだ。すごく嬉しい。今こうして、君を抱きしめていられることも」

アニエスの太ももは細かく震え、下着は濡れて透けてしまっている。

「ここ、膨らんで固くなってきたね。それでもまだまだ小さいけど、僕の指にしっかりと懐いてきたんだ。可愛いね」

その膨らみは、ごく小粒なのにひどく敏感だ。それが今、下着の上から何度もこりこりと掻かれて、すっかり痺《しび》れてしまっている。

アニエスは、セイランに促されるままに両手を彼の首に回した。セイランは優しくアニエスの髪を撫で、顎を持ち上げて口付ける。

「あっ……！」

下着がずらされ、熱いものが、ずるりと中に入ってきた。

「ずっと狭いね、君のここは……」

尻を両手で支えるようにして、セイランはアニエスの隘路《あいろ》をじりじりと進んでくる。

「アニエス、大丈夫だから、僕に体重を全部預けて」

偽装ではないということが分かってから、セイランが名前を呼んでくれるたび、アニエスの心は温かくなる。息が詰まって、泣きそうになる。

だけどそれは、幸せな涙だ。

「セイラン様……あっ」

つま先にどうにか込めていた力が抜け、ググッと一気にセイランが奥へと入ってしまった。

アニエスの体重が、セイランと繋がったその一点だけにかかってしまう。

こつん。

奥にぶつかった。アニエスの身体の一番奥に。

「はっ……」

セイランが、眉を寄せて息を吐き出す。アニエスは、あまりの刺激に意識を飛ばしかける。

しばらくそうした後、セイランがおもむろに腰を突き上げた。

椅子は、小さな車輪が付いたクッション性のある最高級のものである。

セイランの腰の動きに合わせて、さらにギシギシと音を立てて、上下に大きく揺れる。

その分、アニエスの中を大きなストロークでセイラン自身が擦り上げてくる。

「あっ、んっ……」

やがて、椅子が軋《きし》む音以上に、くちゅくちゅという濡れた音が響き始める。こつんと奥に当たるたびに、頭の奥がチカチカする。アニエスは泣き声を上げながら、セイランにしがみついた。

「だめ、だめ、セイラン様。声が、我慢できませんっ……」

「いいよ。いっぱい聞かせて。アニエスの可愛い、いやらしい声」

「いけません、外に聞こえてしまったら……」

ここは、公爵家の執務室なのに。まだ日が高い位置にあるというのに。

「そうだね。僕たちが幸せだって、仲がいいんだって、みんなにバレてしまうだろうね」

「だめ、そんなの……あっ……」

「だめなの?」

不意にセイランが動きを止めた。

中でじっと熱く質量を伝えたまま、アニエスの胸の先をついばみ、上目遣いに見上げてくる。

「僕の妻が君だって、知られても何も困らないでしょ?」

そうやって見上げながら、二人の繋がる場所にある、ぷっくり充血した突起を摘まむ。

セイランにそうやって見つめられると、アニエスはそれ以上抗議できなくなるのだ。

それを、知っているくせに。

「セイラン様、大好き……」

アニエスは、セイランの頬にそっと掌を当てる。

そうして、彼の唇に自分から、ちゅっと口付けた。

「っ……」

唇を合わせたまま、アニエスは目を丸くする。

自分の中で、セイランがさらに硬く大きくなるのを感じたからだ。

アニエスを抱きしめて、セイランが腰を引く。彼のせり出した部分が、アニエスの内側の弱いところを的確に削る。もう全部、知られてしまっているのだ。

「あっ……」

「今の不意打ちには、君が責任を取ってくれないと」

アニエスの首筋に顔を埋め、セイランがうめく。耳が赤くなっている。

「アニエス。僕の愛する妻が君だって、僕は世界中に言って回りたい。寝ている奴《やつ》らを起こして、死んでる奴らを掘り起こして、耳元で大声で自慢して回りたいよ」

「やだもう、何を言っているんですか！」

笑ってしまうアニエスを、セイランはさらに容赦なく、ごちゅりと下から突き上げた。

「あっ……‼」

「アニエス、だから大きな声を上げて」

「だ、だめ、だって……」

「アニエス、好きだ……っ……」

アニエスの腰を抱き寄せて、ぐりぐりとセイランは自分自身を奥に押し当てる。

「っ……」

セイランの抱きしめる強さが、アニエスの重みが、すべてアニエスの最奥の一点に集中する。力が入って、一気に抜けていく。

「あっ……あああんっ……セイランさまっ……‼」

夢中で抱き着いたアニエスの身体のその奥に、セイランは熱を吐き出していく。


――チュ、チュチュ。

結局セイランは、アニエスの中で二回果てた。

後始末をした後も、そのままセイランの腕の中で、力の入らない体をくったりと彼に預けて目を閉じていたアニエスの耳に、可愛い声が聞こえてきた。

「小鳥……？」

セイランの肩ごしに見える窓枠に、小鳥が集まってきている。

白い羽に黒い尾羽。南部でよく見る種類の鳥だが。

「どうして、こんなにたくさん？」

「ああ」

ちゅ、ちゅっと、こちらも負けずに可愛い音を立てながらアニエスの首筋をついばんでいたのはセイランである。

「セイラン様！　そんなに痕を付けられては困ります！」

アニエスの抗議を受け流しながら、セイランは手を伸ばして執務机の一番上の抽斗《ひきだし》を開いた。

中から、小さな袋を取り出す。

「きゃっ！」

そのまま床を蹴り、ガラガラと車輪を使って椅子ごと窓の前に移動した。

「いつもそれあげてる時間だから。お願い」

耳たぶにちゅうっと吸い付かれながら受け取った袋を片手に開くと、中からパンくずがパラパラと零れた。

「ま、待ってくださいセイラン様、こんな状態じゃ、窓を開けることも……あん！」

乳首をたわわな胸の奥におしこまれ、アニエスは甘い声を上げた。

「鳥に邪魔されるとはね」

セイランが唇から耳を解放してくれた。しかし、膝の上から下ろしてくれる気配はなく、胸の先もいじり続けたままだ。

仕方がないのでアニエスは腕を伸ばして窓を開き、窓枠の上でつぶらな瞳を向けてくる小さな鳥たちにパンくずを与えた。

「この種類の鳥は警戒心が強いはずですが、よく懐いていますね」

「そうなの？　同じ種類は王都にもいたけど、あっちのもここのも、日ごとに図々《ずうずう》しくなってくる」

セイランも、アニエスを膝に載せたまま窓の方に顔を向けた。もちろん、窓の外からアニエスの身体が見えないように絶妙な角度を保ちながら。

「王都でも、鳥に餌を上げていたんですか？」

「そう。僕も籠の鳥みたいなものだったから」

ドキリ、と胸が鳴った。

「息が詰まるようだったよ。最初のうち、陛下は完全にホルガに洗脳されていたからね。僕がいつ裏切るのか、何を企《たくら》んでいるのか、疑心を隠そうともしなかった」

自由に城の外に出ることはもちろん、城の中で付き合う相手や手にする本、一挙一動を警戒されたという。

「僕ってほら、優秀だから。同じことをすると、二歳年上の王太子よりもよくできてしまうだろ。そういうところも気を使ったな。そんな時、部屋の窓からこうやって、鳥に餌をやったんだ。同じ種類の鳥が王都にもいたんだよ。この鳥が南部に飛んでいくといいなって思ってた」

アニエスは袋を握りしめ、セイランの目をじっと見つめる。

「鳥になって、君に会いに行きたかった」

アニエスの額に自分の額を寄せて、セイランはつぶやく。

「『ひとつの命の中にも、たくさんの色がある』君の言葉だ。僕はそれを思い出して、少しずつ少しずつ、周囲と話をするようになった。陛下の対応も柔らかくなっていったし、会える人も増えた。何よりも、いつか南部に戻った時のために、王都でできることをしようと思うことができた。君のおかげで、僕は人を——自分を信じられるようになったんだ」

だから、継承式にあれだけの人数を招待することができるのも、君のおかげなんだよ。

そう続けるセイランに、アニエスはただひたすらに首を横に振った。

「セイラン様、私も同じです」

セイランから贈られてくる花たちに、あの頃のアニエスの日々がどれだけ支えられていたか分からない。

「セイラン様と、また会えてよかった。セイラン様がこの南部に、戻ってきてくれて本当に良かったです。これから先も、私はずっと、セイラン様の一番の味方でありたいです」

二人はきつく抱き合って、そっと唇を重ね合う。

鳥たちが、翼を広げて飛び立っていく。

＊

月日は瞬く間に過ぎて、秋の終わりを感じる頃、ついにその日はやってきた。

プレトリウス公爵家の、爵位継承の式典である。

その一週間も前から、南部は大変な盛り上がりを見せていた。

プレトリウス家の新当主の誕生を祝おうと、国中から多くの賓客が訪れるのだ。それも、一般階級の人々にも名を知られた有名人ばかりである。

「セイラン様はすごいな」

「この南部が、これからは王都になってしまうのかもしれないわ！」

招待客の姿を一目見ようと、国中から多くの観光客が集まってくる始末である。

当然、彼らを相手に商売をしようと商人たちも南部を目指す。

セイランは、期間限定で関税を掛けずに国中の商人を受け入れた。その結果、街の市は拡大し、朝から晩までお祭り状態だ。

爵位継承式が近付くにつれ、「これからの南部はセイラン様がいれば安泰だ」という空気が南部中に満《み》ち溢《あふ》れるようになっていった。

そして、ついに爵位継承式の前日。

プレトリウス公爵城では、華やかな前夜祭が開催された。

そしてそれはアニエスの、新公爵夫人としてのお披露《ひろめ》目の場となったのである。


「そんなに緊張しなくていいよ」

アニエスの顔を覗き込み、セイランは可笑《おか》しそうに笑う。

「だけど私、こんなに立派な舞踏会なんて初めてで」

公爵邸の大広間へと続く扉の前に立ったアニエスは、かつてなくガチガチになっている。

セイランの肘に添えた指先は細かく震え、どうしても右手と右足を同時に前に出してしまう。

「そもそも私は、ちゃんとした社交界デビューすらできていないのです」

ちょうどその時期、母が亡くなり家政を支えるので精一杯だったのだ。

だから、まともな舞踏会に出たこともない。なのに最初に出るのが王国の歴史に残ると言われるような大舞踏会で、さらに自分はその主役の妻なのだ。

事態を整理すればするほどに、意識が遠のいていくアニエスである。

「いや、だけど、それはむしろ良かったな。君が大々的に社交界デビューなんかしていたら、変な虫が付いたかも。たまったもんじゃないよ」

「セイラン様ったら」

セイランの冗談のおかげで、緊張が少し和らいだ。

「大丈夫だよ。肩書ばかり有名な奴らを敢《あ》えて集めたけどさ、みんな普通の人間だ。たとえば王太子のエリックだけど、あいつは十九歳のとき剣の練習が嫌さに木を登って逃げようとして。落ちて尻を痛めてしばらく椅子に座れなくなった。翌日は隣国の王女も出席する公式の食事会だというのに、三秒も椅子に尻を付けていられなくなったんだ」

「まあ。それでどうなったのですか？」

「すこしだけ椅子から尻を浮かせたまま、座ったふりで乗り切ることにした」

「ええっ」

「膝がガクガクしてくると僕にサインを送ってくることになっていて、そのたびに僕が何らかの方法でみんなの視線を集めるから、その間にエリックは直立になって休憩するっていう完璧な計画だよ」

「食事の間、ずっとそんなことを繰り返したのですか？」

「ううん。あいつ体力ないから最初の一分でさっそく尻を突いてしまって、悲鳴を上げて椅子から転げ落ちた」

「なんてこと！」

「だけど理由を問われて『王女殿下をいつでも抱き上げて逃げられるようにと、足腰を鍛えておりました』と答えたんだ」

「なんですかそれは」

「その王女が、いまの王太子妃殿下だよ」

「ええっ」

「王太子妃殿下がその時はまっていた恋愛小説に、似たような台詞が出てきていたんだってさ」

そんなことを話している間に、目の前の扉が開いていく。

「ねえ、アニエス。僕は最近すごく思うよ。生きていれば、何が功を奏すのか分からない」

セイランは笑った。

「君と僕は離れていたけれど、今は一緒にいられている。花の色が環境によって変わって、だけどどの色もとても綺麗なように、すべてのことがいい方向に変わっていくんだ」

きっと君と一緒なら、とセイランは自信たっぷりに笑う。

「さあ、行こう」

光と色、そして音の洪水が、二人を包み込んでいく。

若き公爵夫妻に、大広間中の視線が集まった。

「セイラン・プレトリウス閣下だ！」

「おお、何と立派になって」

「さすがプレトリウス家の正統な当主。これは南部も安泰だな」

すかさず明るい声で祝福の意を表したのは、国中から集まったセイラン旧知の来賓たちだ。

誰もがその名を知るような、高名な貴族家の若き当主たちである。

そしてその声以上に、令嬢や貴婦人たちが息を呑《の》む気配がアニエスの耳に届く。

「まあ、あれが？」

「ワグナー伯爵家の……長女ですって⁉」

アニエスは居た堪《たま》れなくて、思わず瞳をぎゅっと閉じた。

「アニエス」

セイランの、落ち着いた声が耳元で聞こえる。

「大丈夫だよ、ほら、見てごらん」

その声にいざなわれるように、アニエスはそっと瞳を開く。そして、目を瞠った。

二人を見つめる令嬢や貴婦人たち、いや、男たちも同じだ。

みんなが驚いた顔で、ぽかんと口を開いている。

「なんて素敵な……。あんなドレス、見たことがない」

一番近くにいた貴婦人が、呆然としたまま呟《つぶや》いた。

アニエスがその日まとっているのは、ワグナー家とプレトリウス家の工房の、渾身《こんしん》の力を結集させて染め上げた赤いドレスである。

母が遺《のこ》してくれた手法をもとに、アニエスたちが改良を重ねて辿《たど》り着《つ》いたそれは、華やかでくすみが一切なく、なのにとても、切ないような優しい赤。

主な原料となっているのは、ハンネスたちが十年間守ってきてくれた、セイランの母の畑から採れたアカリユリと、公爵邸の庭で集めたヒノクレナイ。そして、セイランがたっぷりと取り寄せてくれたカイガラコガネの甲羅の粉末。さらにアニエスが試行錯誤を重ねて作り上げてきた媒染剤を使い、絹と綿を、糸から大量に染め上げたのだ。

その糸を、プレトリウス家の加工職人たちが様々な質感の布地へと織り上げていった。

そしてセイランが王都から呼び寄せたデザイナーによって、アニエスの身体の線を何よりも美しく拾い上げる、この世界で唯一のドレスへと仕立て上げられていったのである。

「なんて美しい……光を受けて、まばゆく輝いて」

「角度によって印象が変わるわ。まるで虹の中の赤のよう」

「あんな色が出せるなんて……一体どうやって……いいえ、あの布地はどうしたら手に入れられるものなの⁉」

貴婦人たちが、夢見るようにうっとりとささやき合っている。

「どう？　君の作品の集大成が、これ以上ない場でお披露目される、その気持ちは」

にっこり微笑んでみせたセイランだが、同時にどこか警戒したように周囲を見る。

「おい……あれは本当に、ワグナー家の長女なのか？」

「社交界デビューすらしていなかった、あの？」

「まるで職人のように男に混ざってギルドに出入りしていた、丸眼鏡のアニエス・ワグナーが？」

遠巻きに二人を観察して囁き合っているのは、アニエスも見覚えのある南部貴族の男たちだ。

彼らがもっぱら衝撃を受けているのは、アニエス自身に対してである。

今日のアニエスは、ドリスとロッテが力を尽くして磨き上げてくれていた。

銀色の髪はつややかな光を放ちながら、たっぷりとしたカールを描いている。髪の随所に光るのは、プレトリウス公爵家に代々伝わる紅玉たちだ。

さらに侍女たちの強力なすすめに背中を押され、今日は思い切って額を出した。長いまつげは自然な形にカールして、唇にもドレスの色に寄せた赤い色を差している。

――アニエス様のぱちりとした丸い瞳は愛らしいし、小さな鼻に花びらのような唇が最強です！

――顔立ちがまず愛くるしいですからね。隠すなんて罪ですよ！

会場に入る直前までメイクの手直しをしてくれていた二人のやりとりを思い出し、アニエスは思い切ってぐっと胸を張る。

二人には欲目が入りすぎていると思うし、こんなにも華やかな色の中心に自分がいることには、今でもやっぱり戸惑いがある。

だけど、自分のことを心から思い、手を尽くしてくれる人がいる。

自分がここにいるのは、自分だけの力ではない。そのことが、アニエスに大きな勇気をくれるのだ。

「……ここだけは失敗した。やっぱりちょっと、胸が目立ちすぎる」

男たちの視線をけん制しながら、セイランはアニエスの胸元を見て、忌々しげな舌打ちをした。

「セイラン様……」

胸の開き方に関しては、ギリギリまでセイラン対デザイナーと侍女たちの間で話し合いがもたれたものだ。あんなにも真剣な表情をしたセイランは初めて見たかもしれない。

結果的に、すべてのパターンを試着したアニエス自身が選んだものが採用となったのだが。

「でも、この形が一番、着ていて楽なのです」

「……いいよ、分かってる。とっても綺麗だ。女神様みたいだよ」

囁いて、セイランはアニエスの手を持ち上げて、その指先に口付けた。

「あ……」

素手のままこんなに多くの人たちの前に立つなんて、少し前の自分なら考えもしなかった。細い指先は全て、相変わらず様々な色が混ざり合って落ちないままだ。しかし、水場の作業で荒れていた肌は今は滑らかに潤って、そして今日はその爪の先が、キラキラとまばゆく光っている。

王都で最近流行《はや》り始めたという透明なマニキュアに、カイガラコガネの殻をごくごく細かく砕いて粉末状にしたものを、たくさん練り込んでいるのである。

キラキラと輝く指先は、落ちない色がついているからこそさらに赤を引き立たせ、神秘的に鮮やかに映えさせる。

セイランが口付けたアニエスの指先を、女性たちが身を乗り出すようにして観察している。

二人の前には、長い列ができた。

国中から集まった来賓たちはセイランに笑顔で挨拶をし、アニエスのドレスを誉《ほ》めそやした。

アニエスは彼らの風貌の特徴をすべて頭に入れていたので、名乗られる前に誰かが分かった。さらにセイランから彼らにまつわる楽しいエピソードを色々と聞かされていたことが功を奏し、初めて会うような気がせず、会話を楽しむことすらできた。

その一団が現れたのは、王太子夫妻到着の一報に束《つか》の間《ま》セイランが離席した時だった。

「おお、これはこれはアニエス嬢。本日はおめでとう」

ホルガの両脇には、アニエスも見覚えのある男たちが並んでいる。ギルドで何度も顔を合わせた、ホルガの取り巻きたちだ。さらにその後ろには、華やかなドレスをまとった若い美女たちも従っている。

アニエスを頭の先からつま先まで笑みを浮かべて見やってから、ホルガは言った。

「ワグナー伯爵家から、工房をプレトリウス家の領地へと移したと聞きましたが」

「はい。両家で協力をして、商品の開発に励んでおります」

アニエスが答えると、ホルガは微笑んだまま頷いた。

「それは良かった。アニエス嬢。計画通りに事が進んで、さぞやご満悦のことでしょう」

慎重に唇を閉ざしたアニエスに、ホルガは笑みを絶やさず背後の若い女性たちを振り返った。

「お前たちも、アニエス嬢の話をよく聞いておくといい。女の武器を使って成り上がる方法として、こんなにも参考になる話はない」

ホルガの声は、低く良く響く。人々が、何事かと視線を向けはじめた。

彼はそれを十分に意識して、たっぷりとためを作って続ける。

「アニエス嬢は、他の男との婚約がまとまりかけていたところを、セイランに鞍替《くらが》えしたのです。それも、妹の恋人だったセイランを奪い取ってまで」

さぞ胸を痛めたように、まるで物語の悪役を断罪するかのように、ホルガの声は響き渡った。

アニエスを取り囲んでいた令嬢たちは、目を丸くして一歩後ろへと下がる。貴婦人たちはすかさず扇で口元を覆い、互いにひそひそと囁き合う。

そして男たちは笑みを浮かべ、アニエスを見下す視線を送る。

この視線や扱いを、アニエスはよく知っている。

祖父の青の技術を返してほしいと訴えた時。売上金が実際よりも安いのではないかと食い下がった時。いつもこのように決めつけられて、アニエスが悪い、未熟なのだと声高に喧伝《けんでん》された。

若い娘より、この世界では声が大きい男が力を持つ。

だからアニエスはいつからから、何も言い返さなくなっていった。呑み込んでやり過ごせばいいと。そうすれば、少なくともここにいることを許してもらえるのだから。

だけど、あの時ローザは言ったのだ。

——お姉様はそれでいいの？　いつも、文句も言わずに従って。

「皆さん、こんな女に騙されているセイランが、私は不憫《ふびん》でなりません。まだまだ、セイランは未熟だということです。いいのですか。このままプレトリウス公爵家を、この南部を、セイランとこの尻軽な女の好きにさせてしまっても！」

周囲の視線を味方につけ、ホルガはさらに声を張り上げる。

悲痛な訴えは、まるで正義の叫びのように聞こえるのだろうか。

「取り消してください」

気持ちよさそうに訴えていたホルガは、アニエスの言葉に片眉をピクリと持ち上げた。

「今、何か言ったかね？」

「セイラン様ほど、南部のことを考えていらっしゃる方はいません。発言を取り消してくださいと申し上げました」

一歩前に歩み出たアニエスに、ホルガはきょとんとした。アニエスから反論されるなど、ほんの少しも予想していなかったのだろう。

「セイラン様は南部に戻ってからたった二か月で、ギルドの組織を改革し、今まであなたたちしか見ることができなかった収支を明らかにし、製造者の名を冠した商品を販路に乗せました。その結果、この十年で地に落ちていた南部の綿製品の評価は国中で上がりつつあります」

淡々と語るアニエスに、事の成り行きを見守っていた周囲の者たちも顔を見合わせる。

ホルガはそれでも、まるでアニエスが何も分からない子供であるかのように、諭すように言った。

「ああ。あなたは以前から、女の身でギルドに出入りしては稚拙な要求を繰り返していましたね。首尾よく妹から恋人を奪い公爵夫人に収まったことで、一人前にでもなったつもりですか」

「それとこれとは……」

「しかし、あなたはプレトリウス家には相応《ふさわ》しくない。ほら、ここに私の親族の娘を連れてきました。もういいでしょう。あなたの役目は終わりです。もうこれ以上、恥ずかしい真似《まね》はやめなさい」

「恥ずかしいのはあなたでしょう、ホルガ・プレトリウス」

ホルガの声に、静かにかぶせられる声がした。

周囲の人々が道を空ける中、セイランはゆっくりと近づいてきて、アニエスの隣に立った。

「おお、セイラン。私たちの間には誤解があったようだ。これからは、叔父と甥《おい》で支え合っていければと……」

「もういいでしょう。そういうのはやめましょう」

セイランは、ふうっとため息を吐き出した。

「父の死後、あなたは十年も南部を私物化した。今日この日を境に、すべてを僕に……いや、この南部のみんなに返してもらいます」

堂々としたセイランの宣言に、周囲の人々が息をのむ、

「何を言っている。この私が今まで、どれだけこの地のために尽くしてきたと思っているのだ。

ほら、みなさん、そうでしょう？」

　ホルガは同意を求めるように周囲を見回す。

　しかし頷き返したのは、彼と同じように利権を貪ってきた一部の取り巻きたちだけだった。

「叔父さん。あなたが開発したとして独占してきた染料『青の玉』ですが、この数年でどんどん質が落ちていると言われています。どうして改良をしないのですか？」

「そ、それは……」

「主原料になっているアメグサの質が変わってきたからだろうと、僕の妻が言っていました。毎年原料の質が変わるのは当然、それに合わせて製法を調整すればいいいと。どうしてあなたたちは、それができないのですか？」

　ひそひそと、周囲の南部貴族たちが囁き合う。

「やっぱりあの噂は本当だったのか。あの技術、元々ワグナー伯爵家の先代が長年研究してきたものだっていう」

「ワグナー伯爵が売り渡したんじゃないのか。あそこは借金ばかりこさえていたからな」

「いや、そこに付け込んだのがホルガ様たちだよ。だいたい、ホルガ様が奪って独占したものは、他にいくらでもあるだろう」

　徐々に大きくなっていく声に、ホルガは焦りを滲《にじ》ませた。その顔からは、いつもの笑みが消えている。

「叔父さん。今日この日を限りに、あなたには完全に引退していただきます。というかもう、屋敷から出てこないでほしい」

「なっ……」

「とりあえず、明日の爵位継承式は出てこないで。正式に処分を伝えに行くから。もう、あんたの出番は終わったんだよ」

ぱちぱち、とどこからか拍手が聞こえてきた。

王国内各地の上位貴族、王都から来た大商人に芸術家や、冒険家。

セイランが招いた客たちが、愉快そうに手を打ち鳴らしている。それはどんどん広がって、やがて大広間を覆いつくしていく。

ホルガは歯を食いしばるようにセイランを睨むと、取り巻きたちを引き連れて大広間から出て行った。

セイランは花がこぼれるように微笑んで、片手を上げて拍手に応えた。うわっと歓声が上がる。

まるで舞台の上にいるようだ。

相変わらずのセイラン劇場に、緊張に身をこわばらせていたアニエスも、周囲の者たちも引き込まれていってしまうのだ。

「あと、恥ずかしいのは僕自身もだね。ちょうどいいのでここで打ち明けてしまいますが、僕は王都に行く前から、アニエス・ワグナーに心を奪われていたんです」

セイランはさらりとそう続けて、アニエスの腰を片手で引き寄せる。

「彼女を誰にも奪われまいと気ばかり急《せ》いて、あろうことか、彼女と彼女の妹の名前を間違えて求婚してしまったくらいなんですよ」

ざわめきの中、アニエスは戸惑いながらセイランを見上げた。

「セイラン様？　いいのですか、そんなことまで話してしまって」

セイランは、悪戯っぽく微笑んだ。

「いいんだよ。もう。君が変な目で見られることの方がずっと許せない」

セイランは、大広間すべての人間の耳に届くように、朗々と宣言した。

「最初からずっと、僕が愛していたのはアニエスだけ。彼女を手に入れたいがために、十年間必死にあがいて、やっと今、南部に帰ってくることができました」

肩をすくめて周囲を見渡して、

「こんなに未熟な僕ですが、妻が愛するこの南部を、王都を越える大都市に繁栄させていく予定です。南部の皆さんと、共に手を携えて。どうぞよろしくお願いいたします」

温かい拍手が広がっていく。

それは、セイランが招いた著名人たちだけのものではない。

この地に長く生きてきた人々が、笑顔で両手を打ち鳴らしていく。

「セイラン、どさくさ紛れにとんでもない宣言をするなよ」

その時聞こえてきた声にアニエスは顔を向け、そしてそこに立つ男女に目を見開いた。

明るい茶色の髪をした、ひょろりと背が高い細身の青年と、寄り添って立つ赤毛の令嬢。春の空のような明るい青のドレスがとても似合っている、美しい人だ。

(王太子殿下のエリック様と……王太子妃殿下の、カロル様‼)

絵姿とまったく同じ二人が、笑みを浮かべながら近付いてきたではないか。

「私たちの紹介はいつになるかとそわそわしていたというのに、とんでもないセイラン劇場が始まったね。楽しませてもらったけどさ」

「あーすみません。完全に存在を忘れていました」

セイランはしゃあしゃあと言う。

「ひどいなあ！　出迎えに来てくれるのをずっとホールで待っていたんだよ？　それが、いきなり君が広間に戻ってしまったと聞いたから、勝手に入ってきたんだけどね！」

明るく笑って、この国の次期国王は、セイランの肩をばんばんと叩く。

「約束しただろう？　おまえが十年にわたってコソコソと花を贈り続けていた女性を、いつか絶対に見に行くってさ！」

エリックが顔を向けてきたので、アニエスは慌ててカーテシーをする。

「初めまして、アニエス嬢。私の大事な従兄弟のことを受け入れてくれてありがとう。色々と拗《こじ》らせた面倒くさい奴だから苦労するかもしれないけれど、そういう時はいつでも私に言ってくれ」

「恐れながら、王太子殿下。お会いできて光栄でございます」

アニエスは、緊張しながらどうにか挨拶を返した。

考えないようにすればするほどお尻が痛くて座れなくなった時の話を思い出してしまい、笑わないように下腹部にくっと力を込める。

「セイラン様が、私を受け入れてくださったのです。私はとても幸せです」

アニエスの返事にエリックは「へえ」と驚いた顔になり、セイランは得意げにニヤリと笑った。

「それにしても、中々招待状が届かないからハラハラしたよ。まさか、私のことをまだ信じてくれていないのかと悲しくなっちゃった」

「そろそろ殿下を利用してやってもいいかなと思ったんですよ」

セイランがうそぶくと、エリックはしみじみと笑った。

「言い換えれば、私に借りを作ってもいいと思ったってことだ。私はそれが嬉しいよ。心境の変化は、彼女のおかげ？」

「ああ、その通りだ」

気負いのないセイランの笑顔に、アニエスの胸もじんわり温かくなる。

（よかった……セイラン様……）

そんな中、エリックの隣に立っていたカロルが切羽詰まったような声を上げた。

「あの……そのドレス！　その色は……どこの工房で、染めたのですか⁉」

「これは」

アニエスは一度言葉を飲み込み、そっとセイランを見上げる。

セイランは、微笑んで頷いてくれた。

「私が、自分で染めました」

まあ、とカロルは青い瞳を大きく見開く。周囲でじっと様子を見守っていた人々も、アニエスの言葉にざわめいた。

「アニエスさん。わたくしにも、ドレスを作ってくださいません？」

両手を口元にあわせて、王太子妃ははしゃいだ声を上げた。

「アニエスさんと同じ色のドレスを、ぜひわたくしたちの結婚式で着たいですわ！」

「えっ。私たちの結婚式のドレスは、もう決まっているじゃないか」

「いやよ、絶対にアニエスさんのドレスにするわ。だってこんなに美しい赤、初めて見たもの」

唇を尖らせるカロルに、エリックはやれやれと肩をすくめる。二人の力関係は、すでに出来上がっているらしい。

「どうする？　アニエス。王太子妃殿下の御用達《ごようたし》だってさ」

セイランが、イタズラっぽい目で顔を覗き込んできた。

（王太子妃殿下の、御用達……）

それも結婚式のドレスである。

そんなことになれば、おそらく王都の社交界でアニエスたちの染めた布地が大流行するだろう。この国だけではなく、国外からも注文が来るに違いない。

「赤の……」

熱い鼓動に突き動かされながらも、しかしアニエスはきっぱりと答えた。

「赤の種類は、幾万とあります」

王太子妃は、首をかしげて不思議そうな顔をした。

「同じ赤でもたくさんの色がありまして、ほんの少しのかけ合わせで、気候や季節によっても、色が全然変わります。この色と同じではなくても、王太子妃殿下の髪と瞳と肌の色にぴったりの赤は、かならずあります。例えば……そうですね、ヒメアカネの花とヒノクレナイの根と、ベニスズムシの羽根と、あとはヒノデ貝の粉末を少し合わせれば、妃殿下だけの赤を作って差し上げることができるかもしれませんが、これはとっても大切なことなので、じっくりと検証させていただけますか？　よろしければ、太陽の光の下で、妃殿下の肌と髪、あとは瞳の色を改めてじっくり確認させていただきたいです」

どんどん早口になっていくアニエスに、カロルとエリックはぽかんと口を開ける。

その様子に、セイランが「くくっ」と笑っている。

やがて、カロルはパン、と両手の掌を打ち合わせた。頬が興奮で紅潮している。

「なんて素敵なの、アニエスさん。幾万の中から選んでいただく、わたくしだけの赤‼」

それから手を伸ばし、アニエスの両手をキュッと握った。

「ぜひ、お願いしたいですわ。わたくしだけの赤を、アニエスさんに作って頂きたいですわ！」

そっと隣を見上げると、セイランが力強く頷いてくれる。

「私……」

喉の奥が熱くなり、アニエスは唇を引き結んだ。

「ありがとうございます。ぜひ、お受けさせていただきます！」


それからアニエスは、令嬢たちに取り囲まれた。

彼女たちの母や祖母に当たる貴婦人たちも、娘や孫を押しのけるようにしてアニエスに自分に似合う赤についてや、アニエスの指先を彩るマニキュアについて尋ねてきた。

アニエスは一人一人の髪色を見て、肌の色や瞳の色を確認して、様々な赤に想いを馳《は》せる。

レセプションが終わる頃には、心地よい疲れに包まれていた。

「今日の主役は完全に君だったね」

「ごめんなさい、私ったら」

「謝ることない。僕はすごく嬉しいんだ」

セイランは照れくさそうに笑った。

「最初にホルガたちと食事をした時、君はただ座っているだけでいいって僕が言ったの、覚えている?」

そういえば、そんなことを言ったかもしれない。

「あの時の僕は本当に馬鹿だったと、つくづく思うよ。今は、君がいることがこんなにも頼もしい」

「セイラン様……」

エリックが近付いてきた。

「セイラン、父上から、祝いの品と手紙を預かっている。君への謝罪の言葉を直接告げたいと言っていたけれど、どうしても体調が優れないようでね。できれば明日の継承式の前に、王都に返事を出せたらいいんだけど」

セイランは頷いて、アニエスを振り返った。

「アニエス、悪いんだけれど君はこのまま部屋に戻って待っていて。僕もすぐに行くから」

アニエスは、にっこり笑って頷いた。

「ええ、もちろんです。どうかごゆっくり」


アニエスは、その日ひとりで寝室に入った。

扉の前で、ドリスが別の侍女から呼ばれたからだ。

明日はいよいよ爵位継承式本番だ。公爵邸全体が、あわただしい雰囲気に包まれていた。

「申し訳ありません。お客様の泊まる部屋の数に、行き違いがあったらしくて」

「行ってあげて。ドリスじゃないと分からないこともあるでしょう」

「すぐに戻ってきますので、少しだけお待ちくださいませ!」

ドリスを見送り、満ち足りた気持ちで部屋の扉を閉じた時だ。

「お姉様……」

か細い声に、アニエスは顔を跳ね上げた。

「ローザ? あなたなの?」

部屋の奥に、妹のローザが立っている。

美しかったホワイトゴールドの髪は、乱れて絡まっている。化粧は剥《は》げ、全身は細かく震え、かつての面影とはほど遠い。

だけど、その身にまとう薄いピンク色のドレスは、間違いなく二人の母が染めたもの。そしてアニエスが手直しをして丈を整えたものだ。

「ローザ⁉」

「お姉様‼」

「っと、動くなよ」

ローザの背後に立つ男を見て、アニエスはひゅっと息を吸い込んだ。

男がローザを背後から羽交い絞めにして、彼女の細い首筋に、ひたりとナイフを当てたからだ。

男の髪は伸び、髭《ひげ》も手入れができていない。服にも皺《しわ》が寄り、だらしなく乱れている。

かつてよりもずっと崩れた風貌だが、間違えるはずもない。

「トリスタン・ペレス！」

「久しぶりだな」

トリスタンは、にやにやと笑った。

「どうやってここに入ったの？　ローザを離しなさい！」

「おっと、それはおまえ次第だ」

ぴたぴたと、ナイフがローザの首筋を辿る。

「っ……」

青ざめたローザはガタガタ震えている。

恐れているのだ。この男がナイフを自分に突き立てることが、十分にあり得ると分かっているのだ。

「やめて。何をすればいいの⁉」

トリスタンは、テーブルの上を顎でしゃくった。一枚の紙が置いてある。

「まずは、そこに俺の言う通りのことを書け」

「何を……」

「早くしろ！」

苛立ったように叫ばれて、アニエスはローザの様子を見つめながら、テーブルに、ペンとインクを用意する。

トリスタンは、唇の端を吊り上げて醜悪に笑った。

第七話　一番の味方

ガタンガタン、と馬車が揺れる。

アニエスは両手と両足を縛られた上に布を噛まされ、幌《ほろ》の張られた馬車の荷台に転がされている。

指示通り手紙を書かされた後、拘束されたアニエスは、部屋のバルコニーから裏庭へと連れ出された。

裏庭には三人の男たちが潜んでいて、さらに公爵邸の裏門へと運ばれた末、荷馬車に詰め込まれてしまったのである。

馬車はゆっくりと進んでいく。

今夜の公爵邸には多くの客がある。街は祭りのただ中だ。道が混みあい人通りも多く、そうそう速度を上げることはできないのだろう。

床に転がされたままなので景色は確認できないが、街の喧騒《けんそう》がすぐ近くに聞こえた。

途中でいったん止まった時、トリスタンは荷台を下りて行った。床に転がされたアニエスとローザを、見張りの男がニヤニヤと眺めている。

またしばらく走った後、もう一度馬車は止まる。

トリスタンが荷台に戻ってきた。見張りの男と交代し、アニエスの前にどかりと座った。

「顔に傷はついていないようだな」

口に噛まされていた布が、ようやく外された。

伸ばされた手から逃れようとしたが、トリスタンは素早くアニエスの顎に指を掛けると上向かせてしまった。

「本当に、女ってのは化けるもんだ」

さも感心したような声色で、トリスタンはじろじろとアニエスを見る。

「二か月前あんたに求婚をした時は、どうして俺がこんな女と、と思ったよ。日に焼けて服装も地味で、使用人と区別もつかない。そのうえ女のくせにギルドに乗り込んでは、男に混ざって交渉をしようとする。親父《おやじ》の命令とは言え、こんな女と結婚しないといけないとはと、わが身を恨んだもんだが」

「随分、口調が以前と違いますね。それが素ですか」

「だけど、今のあんたなら合格だな。小生意気な口まで利くようになって、ますます好みだ」

顎から手を離すと、トリスタンはアニエスの頭を「よしよし」と言いながら撫でた。

背中がぞわりとして、アニエスは首を振ってその手からどうにか逃れる。

「どうしてローザは、そんなにボロボロなんですか」

トリスタンは笑みを浮かべたまま、足を伸ばしてローザの身体を蹴とばした。ローザはピクリと震えたが、何も言葉を発しない。ただうずくまったままだ。

「やめて。こんなことまでして、ただで済むはずがありません。一体どういうつもりで……！」

「どういうつもりって？」

「んんん！」

トリスタンに髪を掴《つか》み上げられ、ローザは悲痛なうめき声を上げる。

「どういうつもりは俺の台詞だよ！　俺は、あんたら親子に騙されたんだからな！」

「騙すって何のこと⁉　ローザを放して！」

トリスタンは、唇の端を引きつらせながら笑った。

「俺は、親父から言われていたんだ。南部のワグナー伯爵家の染色事業を取り仕切る、長女と結婚してこいと。だから、地味なおまえで妥協してやるつもりだった」

しかし、ワグナー家に滞在してすぐに、ローザは言ったという。

「自分もアニエスと同じように、母親から染色技術を引き継いでいるとさ。赤でも青でも好きなように作れるって、その女は俺に言ったんだよ‼」

ローザは蒼白《そうはく》な顔でぐったりしている。

「ちょうどいいと思ったよ。あの頃は、アニエスよりもローザの方が圧倒的に俺の好みだったしな。だから、ローザを連れて北へ帰ったんだ」

トリスタンは、掴んだままのローザの髪を左右に振り回す。

「ローザ‼」

「それがどうだ。この嘘つきな女は、いざやらせてみるとひどい仕事ぶりだった。俺の親父が用意してくれた染色剤を悉く《ことごと》無駄にして、獣の血のようなどす黒い赤や悪魔が降臨するようなおぞましい青を作るばかりだ」

ぜえぜえと息を切らせて、ようやくトリスタンはローザの髪から手を離す。

「今までにない色の毛織物を量産して一山当てるつもりでいた親父は、ひどくがっかりしていたよ。仕方ないから、ワグナー家の事業を買い取ることにした。だけどワグナー伯爵からはすぐに了承の返事が来たのに、今度はプレトリウス公爵家が取引を差し止めてきやがったんだ！」

トリスタンは髪をかきむしる。

「プレトリウス家を怒らせるとは何事だ、と親父は怒って、俺には爵位を継承しないとまで言い出した」

ぶつぶつとつぶやきながら、トリスタンは親指の爪を噛み始めた。

「どうしてくれるんだ。冗談じゃない。爵位を継がないと借金が返せないじゃないか。冗談じゃない冗談じゃない……」

アニエスの視線と目が合うと、トリスタンは目を血走らせて笑う。

「だから戻ってきたんだよ。ローザを返品して、アニエスと結婚するためにな！」

「私はもう、セイラン・プレトリウスと結婚しています。めちゃくちゃな道理は通用しません」

「そもそも、それがおかしな話だよな？　元々セイラン・プレトリウスと婚約していたのは、ローザの方だったんだろう？　だからさっさと姉と入れ替わって来いとローザに言ったのに、嫌だとかお姉様は関係ないとか今更ぬかしやがる。どうしたもんかと思っていたら、協力してくれるって人が現れたんだ」

「協力……？」

「そうだ。誰にも気付かれず公爵家の奥に入り込めたのも、協力者のおかげ。セイラン・プレトリウスには、随分と敵がいるもんだな」

くくっと笑い、トリスタンは行儀悪く足を組んだ。

「私たちを、どこに連れていくつもり？」

「金の受け渡しがある」

「お金を？　その協力者という人ですか？」

苛立ったように、トリスタンは身を起こした。

「ガチャガチャうるさい、黙っていろ。妹を傷付けられたいか！」

アニエスは唇を噛《か》み締《し》めて、言葉を飲み込んだ。

（セイラン様）

先ほど無理やり書かされて、部屋に残してきた手紙のことを思う。

あんなものを目にしたら、彼はどう思うだろう。

アニエスは歯を食いしばりながら、身体を縮こまらせた。


馬車は、速度を落としてやがて止まった。

「降りるぞ」

幌の入口が開かれて、漆黒の闇の中に引きずり出される。

手下の中で最も身体の大きな男の肩に、アニエスはまるで荷物のように担ぎ上げられた。

空気が冷たい。月明かりさえ木々に遮られるほどの森の中を、一行は黙々と進んでいく。

辿り着いたのは、古く小さな小屋だった。

「どうしてこんな場所で待機を？　すぐに北部に戻る予定だっただろう」

「仕方ない。街道の入口が全て封鎖されているんだ。ここで連絡を待てとの指示だ」

「なんだって？　セイラン・プレトリウスに俺のことがバレたんじゃないだろうな⁉」

トリスタンは苛立ったように爪を噛み、男たちと喚《わめ》き合いながら去っていった。

「ここに入っていろ」

手下の中でも一番体の小さな男が、アニエスとローザを小屋の中に押し込む。思い出したように、二人の前の床に麻袋を放り投げてきた。開いた口から、固そうな黒パンが覗いている。

「縛られたままでは、食べることもできません」

アニエスがきっぱりと言うと、男はうんざりした顔で、アニエスの手を縛る拘束を解いた。両脚をまとめた拘束はそのままだが、「それで十分だろう」と面倒くさそうに言うと、男は小屋を出ていってしまう。

錠がかかる音がした。

草を踏む音が遠くなっていくのを聞き届け、アニエスは身体をひねってローザを振り返る。

「ローザ、怪我《けが》はない？」

ピンク色のドレスはやはりあちこちが破れ、ほつれ、引き裂いたのを繕ったような跡まである。床を這《は》って近づいて、アニエスはローザの口の布を外した。

視線から逃れるようにローザは俯《うつむ》いたが、アニエスには見えてしまった。

右の頬が赤く腫れている。明らかに殴られた痕だ。それも、かなり前のもの。

「あなた、その頬……」

「なんでもないわ」

俯くローザの顔を、アニエスは自分の方に向けさせた。

「ローザ。あなた、トリスタンから私を守ろうとしてくれたのね。私と入れ替わることを拒否したんでしょう」

「っ……」

ローザはキュッと唇を噛んで自嘲的に笑う。

「だけど、意味はなかったわ。結局、人質になってしまったもの。私はやっぱり、何の役にも立っていない」

「そんなことない。ありがとう、ローザ」

目を見てそう伝えると、ローザは瞳を丸くして、アニエスをじっと見返した。

その瞳が、ゆるゆると潤んでいく。

あまり似ていない姉妹だと思っていたけれど、そんなことはない。瞳の色は二人とも同じ、母親譲りの緑色だ。

「ごめんなさい」

絞り出すように、震える声でローザは言った。

「私、お姉様の名前じゃなくて、自分の名前を伝えてしまったの。セイラン様に、十年前」

ぽろぽろと涙が頬を伝っていく。

「プレトリウス家の次期当主に見初められれば、お父様に褒められるって思ったからよ。私は

お姉様みたいにお母様の腕を継いでいない役立たずだわ。だけど、セイラン様に見初められたと言えば、家の中に居場所ができると思ったの」

アニエスは、泣きじゃくる妹を抱き寄せた。

「だけど、ずっと怖かった。セイラン様が帰ってきたら、一目見たら、私がお姉様じゃないって分かるわ。あの日のこと、よく覚えているもの。お姉様とセイラン様が、花畑の中でずっと二人で話をしていたの。とっても楽しそうだった」

アニエスの胸に額を擦り着け、ローザはしゃくりあげる。

「だから、セイラン様が戻って来るって聞いて焦ったの。その時ちょうど、トリスタンに口説かれて。この男なら、私をこの街から連れ出してくれるって思ったの」

目を真っ赤にして、ローザはアニエスを見上げた。

「お姉様、ごめんなさい。お母様のドレスを仕立ててもらって、嬉しかったのに大嫌いなんて言ってごめんなさい。お姉様の周りでは、いつもみんなが笑っていたわ。お母様も職人も、使用人たちも領民も。お姉様は、お母様の才能も受け継いでいて、ずっと羨ましかったの」

「そんなことない、アニエス。あなたも私も同じなの。分かっているから」

アニエスは、繰り返し謝るローザを抱きしめて、その痩せた背中を撫で続けた。

どれくらいそうしていただろうか。

さっきよりも、わずかだが部屋が明るくなった。

荒い木目の壁の隙間から、光が漏れてきているのだ。

（夜が明けた……）

わずかな光でも、ずっと心強く感じる。

アニエスは、小屋の中を注意深く見渡した。

ひどく埃《ほこり》っぽく、かび臭い。部屋の片隅に農具がたくさん立てかけてあるところを見ると、どこかの農場の倉庫だろうか。

アニエスは、ローザの手の拘束を解いた。続いて、自分の両足首の縄にも手を掛ける。

「ローザ、この結び方ならほどけるわ。グロウンウッドの根を大量に運搬する時、お母様がいつも縛っていたやり方、覚えている？」

鼻をすすり上げて、ローザもこくんと頷いた。母を手伝い始めた幼い頃、材料をまとめることは姉妹の役割だったのだ。

二人はそれから黙々と、自分の、時に互いの拘束を解くことに集中した。

しばらくして、ようやく脚が解放される。ふうっと息を吐き出すと、アニエスは立ち上がり壁際に並ぶ農具を調べた。

埃を被っているが、形自体はそこまで古いものではない。せいぜい十年ほど前のものだろう。期待したが、鍬《くわ》や鋤《すき》というような、武器になりそうな道具はなかった。あるのは桶《おけ》や樽《たる》くらい。樽の中には砂利がたくさん詰まっている。

――チュン。


聞き覚えのあるさえずりに、アニエスはぱっと顔を上げた。

差し込む灯《あか》りを頼りに周囲を見渡して、ようやく窓を探し当てる。

「ここだわ」

気付かなかったのも当然だ。

窓はふさがれていた。同じ大きさの木の板が、窓枠にぴたりとはめ込まれているのだ。

アニエスは、農具の中からちょうどいい大きさの桶を探し出すと、窓の下まで運んできた。

ひっくり返した上に立つと、板の隙間に爪を立てる。

(駄目だわ、固すぎる)

「お姉様……?」

ローザが目元をぬぐいながら、様子を見に来た。

アニエスは一度桶から下りて、農具を丹念に調べた。小さなへらを見つけたので、それを手に再度桶にのぼると、隙間に差し込む。

姉が何をしようとしているのか分かったのだろう。ローザも床に両膝を突き、桶を支えていてくれた。

ばきり。

やがて、どうにか板が持ち上がる。音を立てないように注意を払いながら、木の板をはがした。

小さな窓だ。

窓というより、壁に空いた空気取りの穴とも言えるそれは、小さな長方形をしていて、ガラスもはまっていなかった。

「そんなに小さな窓からじゃ、とても抜け出すなんてできないわ」

ローザはがっかりした声を上げたが、アニエスは窓枠に両手を掛けて、そこから見える朝の空に目を凝らし、鳥の声に耳を澄ます。

「ローザ、お腹《なか》は空いている？」

「え？　……ううん。そんな気分じゃないわ」

「本当は、こういう時こそ無理してでも食べなくちゃいけないのだけれど……」

アニエスは桶から下りるとさっき見張りの男が投げ込んできた袋を拾い上げ、小窓を見上げた。

――チュ、チュチュ。

さえずりが聞こえる。

つい最近、とても近くで聞いた声。

（セイラン様）

それはまるで、成功率のひどく低い、賭けなのかもしれないけれど。

窓の向こうの四角い空は、希望へと繋がるように思えた。

だって、彼もかつて、こんな光景を見ていたに違いないのだから。
＊　＊

街道が途切れた森の入口で、セイランは馬からひらりと下りた。

いつの間にか夜が明けていていた。視界が良好になったのはいいが、その分長い時間が過ぎたということだ。

この先は、東に進めば深い森。

南に下りれば渓谷があり、北には山脈に連なる山がそびえる。

「セイラン‼」

馬にしがみつくようにして、エリックが追いかけてきた。

検問をしていた最後の街に置いてきたのに、ずいぶんと馬に乗るのに慣れてきたようだ。

「港に行ったハンネスから連絡があったよ。昨夜から、一隻も出港していないって」

「どんな小さな小舟や貨物船も？」

「ああ。あと、ワグナー伯爵家では、ワグナー伯爵が一人で酒を飲んでくだ巻いているだけだったらしい」

「そう」

セイランは、胸の内側のポケットに小さくたたんで入れた手紙を取り出した。

昨夜、国王からの祝いの品を確認していたセイランのところに、アニエスの侍女が駆けつけてきた。彼女からの報告途中で部屋を飛び出したセイランがたどりついた時、寝室にはやはりアニエスの姿はなく、この手紙が遺されていたのだ。

――私はやはり、セイラン様の妻には相応しくありません。さようなら。

さらに、すでにサインが施された離婚届も。

「セイラン、その手紙が偽装ってことはないのかい？」

「アニエスの字だ。僕が間違えるはずがない」

「そうか……」

——やはり逃げ出しましたか。さもありなん。私の忠告が届いて、身の程を思い知ったのでしょう。賢明な判断だと思いますよ！

まだ公爵邸に居座っていたホルガ・プレトリウスがここぞとばかりアニエスの失踪を喧伝して回る中、セイランはアニエスの部屋とその周辺、さらに庭から城の敷地中を、一人黙々と調べていった。


「どうして、この方角にアニエスがいると思ったんだい？」

ここは、プレトリウス公爵城の城下を抜け、東に真っすぐ進んだ先だ。人家は途切れ、自然のままの土地へと繋がる分岐点である。

「昨夜、街道沿いで大きな騒ぎは起きなかった。人ごみに紛れて馬車を走らせたんだろう。東の裏門を抜けて、目立たないようにひたすら真っすぐ進み続ければ、ここまでたどりつく」

振り向きもせず地面の草の様子を調べるセイランに、焦れたエリックはさらに尋ねた。

「だから、なぜアニエスが東の裏門から出たって分かるのさ」

「裏門のヒノクレナイが踏み荒らされていた」

「ヒノ……何だって？」

「綺麗なピンク色が取れる草。ぱっと見雑草なんだけど、うちの屋敷の者で、あの草を踏むような奴はいない」

「へえ……」

セイランは地面に膝を突いたまま、高くそびえる北の山を見上げている。

「セイラン、お前は、アニエスが自分から出ていったわけではないと思っているのか？」

「当たり前だろう」

エリックは驚いた。セイランの返事には、一抹の迷いもなかったからだ。

「あの手紙は、無理やり書かされたに違いない。確かにアニエスの字だけれど、全体的に、いつもより硬いんだ。特に右方向への跳ね上げと、ピリオドに力が入っている。僕には分かる」

「そ、そうか……」

「可哀想《かわいそう》に、何か弱みを握られて脅されていたんだ。それはきっと……」

その先までも言いかけて、セイランはふっと口をつぐんだ。

顔を覗き込んだエリックはぞくりとする。光を失った瞳の奥に、かつて見たことがないほどに強い炎がゆらりと燃え上がるのを感じたからだ。

「ホルガの身柄を拘束してくれ」

「え？」

「プレトリウス城の内部を、よく知る奴が手引きをしたはずだ。あいつしかいない」

セイランは、馬にひらりと跨《また》がった。

「だけど、あの詐欺師は自分の手は汚さない。実行犯は別にいるはずだ。僕は、そいつを追いかける」

「追いかけるって、どこから?」

「まずは山から探す。それから渓谷と森を、順番に当たっていく」

途方もなく広がる捜索範囲に、エリックは愕然《がくぜん》とした。

「そんなの無茶だ。大体おまえは、昨夜から全く休んでいないだろう。冷静になれ!」

「僕は冷静だよ。自分でもうんざりするくらいにね」

強すぎる怒りは、熱さを通り越して凍り付いていくのだとセイランは知った。その心は今、冷たく閉ざされようとしている。

十年間ずっと想い続け、ようやく抱きしめることができたアニエス。遠回りを繰り返し、やっと心を通じ合わせた。

ついさっきまで、隣で笑っていたのに。

いったい今、どこにいるのか。怖い思いをしていないか。泣いていないか。僕の名前を呼んでいるんじゃないか。

(僕のせいだ)

怒りの矛先は、まっすぐ自分自身へと向けられる。

何がいけなかった? 一体どこで、間違えた?

盛大な継承式なんかを開いたからか。浮かれてレセプションなどを設けたからか。そもそも人を呼びすぎた。多くの人間を、城内に招き入れすぎた。

ほんの少し前の自分なら、絶対にそんなことはしなかったのに。

（アニエス、アニエス、アニエス。君さえいてくれるなら、僕は本当は、なにもいらなかったんだ。爵位だって、この南部だって、なにもかもくれてやる。君がいないんじゃ、何の意味もないんだから）

セイランは手綱を引き寄せた。

馬が後ろ足に立ち、一気に駆けだそうとする。

まさに、その瞬間だった。

狭く歪んだセイランの視野に、鮮やかな色が差し込んでくる。

——赤には、幾万も種類があるのです。

青い空を横切っていくその色に、セイランは目を見開いた。

視界が広がっていく。雲を切り裂くように、光が満ちていく。

彼をのみ込もうとしていたどす黒い炎が、鮮やかな色の中に、溶けていく。

＊　　＊

倉庫の床に向かい合って座り込み、ワグナー姉妹は手を動かし続けている。

「お姉様、変わったわね」

「え？」

桶に絡まった縄を解いていたアニエスが顔を上げると、パンが入っていた麻袋に砂利を詰め込みながら、ローザは微笑んだ。

「綺麗になったのはもちろんだけど、表情が変わったわ」

「やだ、何を言っているの？」

「本当よ。自信にあふれている。それは、セイラン様に愛されたから？」

「セイラン様に……」

つぶやいて、アニエスは束の間想いを馳せた。

「セイラン様は、私に気付かせてくださったわ。私が今まで受け入れてしまっていたことが、そんな価値もないものだということを」

「受け入れてしまっていたこと？」

そうよ、とアニエスは頷いた。

「お父様には何を言っても無駄だとか、どうせ私の話なんて、男の人は誰も聞いてくれないはずとか、それでも仕事を続けるためには、彼らに従うしかないのだとか」

麻袋の口をきつく締め、解いた紐《ひも》で縛っていく。

「そういうことは、すべて受け入れなくていいということよ」

「でも、逆らうとひどい目を見るわ」

「そうかもしれない。だけど、どこかで勇気を出さなくてはいけなかったの。それに、ひどいことをする人だけじゃないわ」

アニエスは立ち上がり、部屋の扉のドアの脇まで樽を転がしていった。

トリスタンたちは、足止めを食らっているようだ。

(今しか逃げ出す機会はないわ)

あれから定期的に部屋の扉は開かれて、見張りの男が中の様子を確認していく。

一定の時間おきに覗いては、一歩だけ足を踏み入れて、縛られたままのふりをする二人をニヤニヤと舐めるように見て、すぐにまた部屋を出て行ってしまう。

まるで、食べる前の食材を品定めするような、怖気《おぞけ》の走るその視線。

男がもう一度中を覗き込むまで、あと少し。

「ローザ、あなたは前に言ったわよね」

「え？」

「文句も言わずにお父様に従って、そうまでして染色の仕事がしたいのかって。馬鹿みたいって」

ローザは気まずい顔になる。

「ごめんなさい」

「ううん。違うの。その通りなのよ」

砂利が詰まった麻袋の口を絞り両手で抱えたアニエスは、樽の上に立つ。

計画通り、ローザは扉の正面の壁際に腰を下ろした。

「お姉様、大丈夫かしら。成功するかしら」

ローザが心細そうに問いかけてくる。

「大丈夫よ。あっちも予定通りに行かなくて、きっと焦っているんだもの」

腕がプルプル震えるが、水を張った重い桶を持ち上げ続けた日々を思えば踏ん張れる。

——ねえ、アニエス。僕は最近すごく思うよ。生きていれば、何が功を奏すのか分からない。セイランが今までにくれた言葉の一つ一つが、アニエスに勇気を与えてくれる。

足音が近づいてきた。

(ねえ、ローザ)

胸の中で語りかけた。

(私は、姉として、あなたに教えてあげなくてはいけなかったのね)

それは、母から引き継いだ染色技術や、ドレスを染め直す方法だけではない。

こうやって、抵抗することを。

理不尽な扱いに対して受け入れるだけではなく、持っている力の全てを使って立ち向かうべきだということを。

そういう姿を、見せてやらねばいけなかった。

錠が外される。アニエスは妹に目配せをした。

扉が開いて、数えるのは三つ。

(一……)

「お嬢さんたち、大人しくしていたか？　ん？」

中を覗き込んだ男が、部屋の奥のローザの姿に気が付いた。

(二……)

ローザはあらかじめ、ドレスの裾を乱して少し足を露出していたのだ。それを見ようとした男が、さらに一歩、中に足を踏み入れる。

(三‼)

目線のすぐ下まで来たその頭上に、アニエスはぶんっと弾みをつけて麻袋を振り下ろした。

「ぐあ‼」

男は、唸《うな》り声を上げて前へとつんのめった。

「お姉様！」

ローザが即座に立ち上がり、アニエスの方に駆けてくる。

「ローザ！」

その手を掴み、アニエスは扉の外へ飛び出した。

男が様子を見に来るたびに、他の人間の声はしないことも確認しておいた。扉が開いた瞬間に、外の様子も盗み見ていた。

案の定、小屋の前に人影はない。少し行けば鬱蒼《うっそう》とした森が広がっているのみだ。

アニエスはローザの手を引いて、森を目指して走る。

辺りは陽が落ちかけている。

だけど小屋があるということは、人里がそう遠くないということだ。森の中の痕跡を辿れば、きっと誰かに会えるはず。

（せめてローザだけでも逃がせたら、きっと）

森が私たちを隠してくれる。そう期待した瞬間。

「きゃあ！」

悲鳴と共に、ローザの身体がぐっと重くなった。

「まったく、なんて姉妹だ」

振り向くと、ローザの身体をトリスタンが羽交い絞めにしている。

「油断も隙もない。凶器になりそうな道具は取り除いておいたのに、いつの間にあんな道具まで作って」

一応夫なはずなのに、背後からトリスタンに抱きしめられたローザは蒼白になり、ガクガクと震えている。

「ローザを離しなさい！」

「ならば姉として、代わりを務めてもらわないとな」

「何を……」

ローザを突き飛ばし、トリスタンはアニエスの身体を近くの木の幹に押しつけた。

「お姉様！」

「くっ……」

「こんなじゃじゃ馬だとは知らなかったが、好都合だ。ここでこのまま、お前を穢《けが》してやるよ！」

トリスタンの目が、ギラギラと光っている。

アニエスのドレスの胸元に手を掛けて、縦にびりりと引き裂いた。

こぼれた白い肌に、にやりと口元を歪める。

「お前がいい子にしていないのが悪いんだ。せめて、どこかの宿屋のベッドの上で済ませてやろうと思っていたのに」

「何をしているのか、分かっているのですか⁉」

トリスタンの手首をつかみ、アニエスは彼を睨《にら》み返《かえ》した。

「こんなことをしても、私は決してあなたの言いなりにはなりません。ペレス家の毛織物業に力を貸すことだって、絶対にありません。私の大事な妹を傷付けたあなたの妻になんて、なるはずがないでしょう！」

きっぱりと叫ぶと、地面の上に座り込んだローザの目からボロボロと涙がこぼれた。

しかしトリスタンは笑ったまま、アニエスの身体をまさぐり始めた。

破れた隙間から手が差し込まれ、肌に触れられる。ぞわりと体中が粟立《あわだ》った。

さらにトリスタンは、アニエスの両脚の間へと膝を押し込んでくる。

「ペレス家はもうどうでもいいんだよ。金さえ手に入ればな！」

「なっ……」

「指示が出たんだ。あんたを一度でもいい、抱いてしまえば、いくらでも金をやると。そうすれば、あんたが今後産む子供に対して、疑惑の目が生まれるだろう。本当にプレトリウス家の血を引いているか分かったもんじゃないと、いくらでも難癖を付けられるんだとよ！」

アニエスが怯《ひる》んだのが分かったのか、トリスタンは勢い込んでアニエスの身体をまさぐってくる。

「あんたにプレトリウス家の子供を生まれたら困る人がいるんだよ。分かるだろう！　他の男に凌辱《りょうじょく》されたとなれば、じわじわと離婚まで持っていくこともできる。あれほどの名家なら、余計にな！」

木の幹に押し付けられていた身体が、草むらの中に倒される。

「お姉様！　やめて、お姉様を離してよ！」

背中にむしゃぶりついてきたローザを、トリスタンは乱暴に振り払う。

「うるさい！　おい、誰かいないのか！　ローザを黙らせろ！」


――アニエス、好きだよ。


セイランは、アニエスを慈しんでくれた。

遠い王都の城から出られなくなった十年間も、ひたすらに想いを届けてくれた。

そんなセイランから、アニエスを奪うために。

アニエスがこれから先産む子も含めて、セイランからすべて奪うために。

そのために、こんなひどいことをするのか。

きっとセイランは、アニエスが穢されたとしても愛してくれるだろう。

(だけど)

自分のせいでアニエスがそんな目に遭ったと知れば、彼はどうなってしまうだろう。

怒って苦しんで、憎しみの中に堕《お》ちていって。

今度こそ、誰のことも信じられなくなってしまうかもしれない。

「セイラン様っ……」

「叫んでも無駄だ。この場所は絶対に分からないからな」

笑うトリスタンの身体を、アニエスは渾身の力を込めて押し返す。

「触らないで！」

男の理不尽に負けていいはいけない、と思っていた。

だけど、今はそれと同じように。いや、そんなことは、もうどうでもいいくらいに。

あの人を傷付けたくはない。

悲しむ顔は、見たくない。

だって、私は彼の、一番の味方なのだから。

「そんなことは、絶対に許さない！」

アニエスの声が、森の中にこだまする。

「無駄だと言っているだろう！」

トリスタンが乾いた声で笑った時、のどかな鳴き声が響き渡った。

ピ――――チュチュ‼

木々の間を縫うように、アニエスの頭上を小さな鳥が旋回する。

白い羽に黒い尾羽。

その小さな足に結ばれた、鮮やかな赤色が目を打った。

一瞬全てのことを忘れて、アニエスがその色に視線を奪われた、まさにその時。

トリスタンの右半身がぐにゃりと歪み、アニエスの上から吹き飛んだ。

かわりにアニエスの目に映ったのは、こちらを見下ろして息を切らせる、金色の髪にグレイの瞳。

「セイラン、様……」

「アニエス、よかった、見つけた」

ぱたりと膝を突いて、セイランはアニエスを抱きしめた。

鼓動がドクンドクンと早鐘のように鳴っている。身体が熱い。

全身が濡れるほどに、彼は汗をかいている。息が荒い。まるで山をひとつ丸ごと、駆けて越えてきたかのように。

「セイラン様……」

アニエスはセイランにしがみつく。彼がここにいることを、確かめるように抱きしめた。

「ごめん、アニエス。もう大丈夫だから。ごめん」

セイランは、アニエスの頬に手を当てた。

「痛いところは？　触られた？　怖かったよね、大丈夫？　よかった、本当に見つかった」

「大丈夫、セイラン様、大丈夫です。私、まだなにも、なにもされていませんから！」

はやる気持ちでそう告げて、アニエスはセイランの掌に頬を擦り付ける。

「セイラン様、わ、分かりましたか？　鳥の、しるし」

そんなつもりはなかったのに、一気に歯の根が合わなくなる。

セイランは、アニエスのドレスの裾に触れた。

ワグナー家とプレトリウス家が、総力を結集した赤いドレス。

今やその裾は、不揃《ふぞろ》いに引き裂かれ短くなってしまっている。

倉庫の小さな窓から、セイランが餌をやっていた鳥と同じ種類の鳥を見つけたのだ。

パンをちぎっておびき寄せ、その足にドレスの布を破って結び付けた。

この世界に一枚しかない赤い色。きっとセイランが見れば分かってくれるはず。祈るような思いで、数羽の鳥にたくしたのだ。

「当たり前だ。この赤は君だけのものだろう。鳥を追って、ここまで来た。すごいよアニエス。君は本当に、本当にすごい」

「く、くそっ……。げほっ……。一人で乗りこんでくるなんて、無謀すぎるだろう」

横腹を蹴り飛ばされて木の幹に体を打ち付けていたトリスタンが、よろよろと立ち上がる。

「セイラン様！」

「あの鳥に、また助けられるなんて思わなかった。餌をあげておいてよかったけど、何よりすごいのは君の機転だね、アニエス」

「セイラン様、護衛の方は⁉」

なんということだ。てっきり騎士隊を引き連れてきてくれると思い込んでいたのに。

「おい！　セイラン・プレトリウスだ！　一人だぞ！　いっそ殺してしまえばホルガ様も褒章を弾んでくれるはずだ！」

トリスタンの声に、ローザを押さえつけていた三人の手下たちも近づいてきた。みんな手に武器を持ち、横幅がセイランの倍ほどもある屈強な男達ばかりだ。

セイランは一応剣を下げているが、こういうことは苦手なはずだ。あのハンネスが、「危ないから剣を触らないでください」と諭すほどに。

「アニエス、ドレスはちょっと残念だけど、またいくらでもたくさん作ろう」

「セイラン様、後ろ、後ろ‼」

「うん、ちょっと待っていて」

ようやく立ち上がりかけたセイランだが、振り向きもせぬまま再びしゃがみ込むと、上着を脱いでアニエスの肩に掛けた。

その様子をぽかんと見ていたトリスタンが、気を取り直して叫ぶ。

「くくっ……怖いのか、セイラン・プレトリウス。王城に引きこもって過ごしてきたんだ、ろくに剣を握ったこともないんじゃないか?」

立ち上がったセイランは、腰に差した剣に手もかけず、準備体操でもするように両手の手首をぶらぶらと動かし始めた。

トリスタンはともかく、彼の手下の男たちは、明らかにそう言った荒事になれている雰囲気だ。トリスタンも手下から受け取った剣を抜き、その切っ先をセイランに向ける。

「アニエス、心配しないで」

飄々とした声で、セイランは手首をこきこきと鳴らしている。

「どうして僕が、国王陛下から翻意を疑われていたと思う?」

唐突な問いかけに、アニエスだけでなくトリスタンたちまでもが戸惑った。

「そ、それは、ホルガ様が、陛下に嘘を吹き込んだから……」

「うん、だけどいくら何でもそれだけで十年間警戒されるって、不自然だよね。最後まで陛下が不安がったのは、実はそれじゃなくてさ」

セイランが動いた。

次の瞬間、うめき声を一つ上げて、三人の手下のうち一人が倒れた。右足からどくどくと血が流れている。

「なっ……一体何を……!」

一体いつの間に抜いたのか、セイランは手に剣を握っている。

ガキリ‼

叫んだもう一人の男は、セイランの剣をどうにか胸元で受け止めた。しかし跳ね返すことができずググっと押し込まれ、体勢を崩したところをセイランに身体を蹴られ、そのまま斜めに切られ倒れる。

三人目の男は、セイランと目が合うと悲鳴を上げて逃げようとした。

その背を容赦なくセイランは切る。男はがくりと倒れ込んだ。

ほんの一瞬の間に、手下三人は動けなくなった。ただうめき声を上げながら、地面を転げ回っている。

アニエスとローザはぽかんと口を開けたまま、それを見ていた。

「僕、なんていうか剣と相性がいいらしいんだよね。十二歳の時に、王都の近衛兵を打ち負かしちゃった。それで陛下に余計に怖がられてしまったみたいで。ハンネスなんて、その時のことを思い出すと今も悪夢を見るんだって」

参るよね、そんなつもりないのにさ。

そう言いながら首をコキリと鳴らしたセイランは、「さてと」とグレイの瞳をトリスタンに向けた。

「ひっ……」

後ずさったトリスタンが、木の根につまずき無様にしりもちをつく。

セイランは剣を逆手に持ち、持ち手を勢いよく、トリスタンの顔に振り落とした。

ぐしゃ、と音がして血しぶきが飛ぶ。

「ぐああ‼」

「元々、僕よりも先に一瞬でもアニエスの婚約者の座に就いた、お前のことは許せないと思っていた。破棄したのは偉いけど、アニエスとの婚約を破棄するなんて天に唾《つば》する行為には罰を与えないと、とも思っていた」

トリスタンは顔を抑えて、ゴロゴロと転げ回っている。

「ああ、まだ鼻が残っているね。しぶといな。削《そ》ぎ落とそう。次は目だ。ほじくり出そう。大丈夫、指も全部落とすから」

トリスタンの髪を掴み、顔を上向かせセイランは囁いた。

「もう二度と、この姉妹に近づくどころか思い出すことすらできないように、最後にはその少ない頭の中身をぐちゃぐちゃにしてあげようね」

「ひいいいいいぃぃぃ……ごえんなさ、ごえんなさ……！」

震えあがり、這いつくばって逃げようとするトリスタンの足に、セイランは剣を突き立てた。

「ぐああ！」

「セイラン様！」

アニエスは、セイランの身体を背中から抱きしめた。

「お願いだから、そんな恐ろしいことを言わないで」

「だけどこいつは、君に怖い思いをさせただろう」

「もう大丈夫ですから。セイラン様が来てくれたから、もう私は、大丈夫です」

「アニエス」

血でぬれた剣を置き、セイランはアニエスを抱きしめた。

「よかった。おかしくなるかと思った。ごめん。怖い思いをさせてごめん」

遠くから、馬の蹄《ひづめ》の音が近付いてくる。

「もう絶対に、何があっても君を離さない」

温かい腕に抱きしめられて、アニエスはそっと目を閉じた。

最終話　鮮やかな色

——白が、一番難しいのよ。


母はそう言いながら、花びらを指先でほぐしていく。

だって、一番強い色だから。

黒じゃないの？　とアニエスは聞く。黒は強い。どんなに繊細な色も、黒はぱくんと飲み込んで、自分の一部に変えてしまうから。

——そうね、だけど白は、どんな色にもなるでしょう。

どんな色にもなれるのに、ならない。

そんな強さを感じさせることができる白は、実は一番難しいのよ。


「アニエス様、とっても、とっても素敵でした」

ドリスが、ほうっとため息をつく。

「お姉様、今までで一番綺麗だったわ。きっと世界中から同じドレスの注文が殺到しちゃうと思う。今から用意しておいたほうがいいわね」

確信めいた口調で工房への発注を予想するのは、ドリスと共にアニエスの化粧を担当してくれたローザである。

「本当に、本当にお美しかったです。奥様もきっと、お空から見て喜んでいらっしゃるに違いありません……ああっ……」

ロッテはずっと泣いている。

「みんな、ありがとう。素敵なドレスを間に合わせてくれたおかげよ」

アニエスは、白いドレスをまとっている。

純白のドレスは身体に沿って美しく流れ、生成り色のレースをふんだんにつかったヴェールは、アニエスの銀色の髪を包んで床までたっぷりと届いている。

「木の実を包むイガからこんなシックな生成りの色が取れるだなんて大発見だったわね。とても貴重な種類のものなの。状態のいいものをあんなにたくさん見つけられて、すっごく幸運だったわ！」

見つけたのは自分たちが監禁されていた小屋の近くで、セイランに蹴り飛ばされたトリスタンが身体を打ち付けた木からバラバラと落ちてきたものだと知っているローザは、大興奮でイガについて語る姉のことを生暖かい目で見守っている。

「さあ、ゆっくりしている場合ではありませんよ。この後がまだまだありますからね。アニエス様、覚悟はよろしいですか？　継承式では合計八色六種類のドレスを着ていただく予定となっております！」

わきわきと指を動かしながら近付いてくるドリスに、アニエスは改めて苦笑した。

「ねえ、冷静に考えたら、やっぱりドレスが多すぎた気がするわ……」

「だけど、君がどの色がいいか選べないっていうんだから仕方ないだろう？」

入り口から賑《にぎ》やかな声が聞こえたと思ったら、侍女たちの制止を振り切って、セイランが押し入ってきた。

こちらも白い結婚式衣装のままである。プレトリウス家の紋章を刻んだ青いマントを肩章で留めたその姿は、目を瞠るように凛々《りり》しい。

「セイラン様、まだお着替えを済ませていなかったのですか？」

「いや、君の花嫁姿があまりにも綺麗だったから、脱がすのは僕が自分でしたくて」

両手に抱えたアカリユリの花束をアニエスに手渡しながら臆面もなくそんなことを言うから、アニエスまで赤くなってしまう。

しかし、照れているのはアニエスだけで、周囲の人々にはすっかりいつもの光景であるようだ。侍女たちとローザは、さくさくと周りのものを片付けていく。

扉から、遠慮がちにハンネスが顔をのぞかせた。

「セイラン様、継承式は一時間後に始まります。急きょ国王陛下もご参列くださるわけですから、一度段取りの打ち合わせをお願いできましたらと……」

「それはやめておく」

「えっ」

「もう今日の僕の目は、僕の妻しか映したくない。ハンネス、やっぱり継承式は明日にしよう」

「お待ちくださいセイラン様、結婚式と継承式を同日に開催して、歴史に残る日にするのだと言い出したのはセイラン様では」

「いいだろう。どうせ南部中がお祭り騒ぎなんだ。一日延びてくれた方が、きっとみんな喜ぶさ」

明るく笑ってほやほやの新妻を抱き寄せるセイランの姿に、ハンネスは遠い目をする。

「行きましょう、ハンネスさん」

「まあ、こうなるんではないかとは、うすうす予感していましたけどね……」

すべてを諦めた顔のドリスとロッテに引きずられて、老いた家令が連れられて行くのを、申し訳ない思いでアニエスは見送った。

「セイラン様、いいのですか？　国王陛下のところに行かなくても」

「いいんだよ。どうせ罪滅ぼしの自己満足だ。式が終わったら軽く礼を言えばいい」

顎を持ち上げられて、流れるように口付けられる。

あの襲撃事件から一か月。

たった今、二人の結婚式が盛大に執り行われたばかりなのだ。


あれから、セイランは猛烈な勢いで、叔父一派を粛清していった。

ホルガたちは最初セイランから爵位を奪うつもりだったらしいが、セイランを当主にと望む声が爆発的に増えたことから考えを変えた。

身内からセイランの子を出すために、息のかかった娘を嫁がせようとしたのだ。

しかしセイランは話を聞こうともせず、妾《めかけ》でいいと妥協しても、アニエス以外の女には一切見向きもしない。

追い詰められたホルガは、アニエスを排除できないかと企てた。そんな中、勘当されかかり途方に暮れたトリスタンの存在を知り、利用することに思い至ったという。

最初は「自分たちは関係ない」としらばっくれようとしたホルガたちだが、ボロボロになったトリスタンが一切合切を喚き散らすように告白したことで、立場が悪くなった。

さらに、かつてホルガから財産や権利を奪われて泣き寝入りをしてた者たちが、こぞって真相を語り始めたのである。

ホルガ・プレトリウスとその一派は財産とあらゆる権利を没収され、王城の地下深くにある本物の牢獄《ろうごく》へと投獄されることになった。

——国王陛下をたばかったという罪もあるしね。ゆっくり全部の罪状を、時間をかけて一つずつ、順番に検証していく予定だよ。

さらにセイランは、トリスタンの父であるペレス辺境伯の罪も厳しく追及した。

甘言を弄してワグナー家に近寄り、アニエスたちが培ってきた染色技術を根こそぎ自分のものにしようとしたこと。トリスタンが妻のローザに乱暴していたことを見て見ぬふりをしていたこと。

セイランはその罪を問い、ペレス辺境伯の爵位を甥に譲らせたうえ、領地を大幅に縮小。南部との取引はもちろん立ち入りも禁じた。

トリスタンとの離縁が成立したローザは今、アニエスの下で改めて染色を学び始めたところである。

最初は自信無さげだったのだが、アニエスがしつこくすすめるので、やがてその気になったのだ。

——トリスタンが言っていたでしょう？　あなたがとても面白い色を作ったと。それを見せてほしくてたまらないのよ。

――お姉様、まさかそれは、「獣の血のようなどす黒い赤や悪魔が降臨する沼地のようなおぞましい青」のことじゃないわよね？

――そんな色が作れるなんて、才能だと思う。一緒に頑張りましょう！

今やローザは朝から晩まで工房に詰め、誰よりも熱心に仕事を学ぶ職人見習いだ。


いかんせん、プレトリウス邸の工房は大忙しで人手不足なのである。

王太子妃カロルの結婚式のドレスをきっかけに、国内外からの受注がひっきりなしに舞い込むようになった。

ホルガから権利を取り戻した「青の玉」の作り方を、アニエスは広く公開した。

望めば誰でも自由に作ることができるようになったが、やはり多くの人々が、アニエスの下で染色を学びたいと願う。そのため、工房はさらに大賑《おおにぎ》わいだ。

一方、アニエスの母が心血を注いだ「赤の玉」も、ついに完成しつつある。こちらもみんなが使えるように公開予定だが、貴重なアカツチコガネがどうしても材料に必要で、値段を高騰させてしまうのが悩みの種だ。

――めずらしい素材が、もっと安定して手に入るようになればいいのですが。

アニエスのそんな贅沢《ぜいたく》なつぶやきを、もちろんセイランは聞き逃さなかった。

一方トリスタンは、ペレス家から縁を切られたうえに投獄されていた。

しかしアニエスの誘拐も未遂に終わったということで、ホルガよりもずっと早く、数年で自由の身になってしまうという。それを聞いたローザは怯《おび》えた様子を見せたし、アニエスも心配だった。

そして、ワグナー伯爵も懲りずに動き始めていた。

ローザが戻ってきてプレトリウス公爵城で暮らすことを許されたと聞くと、自分にも公爵夫人の父として一緒に住む権利があるはずだと、よせばいいのに主張を始めたのである。

困り果てたアニエスに、セイランは、慈愛に満ちた笑顔でこう言った。

——アニエス、ちょうどいいじゃないか。ワグナー伯爵にも、楽しい仕事を紹介してあげよう。それも、みんなのためになる仕事だよ。

セイランは友人の大商人と相談をして、とある商隊にワグナー伯爵を紹介した。

商隊の名前を聞いて、アニエスは驚いた。

世界中を回って珍しい商品を集めることで有名で、なかなか手に入らない鉱石や草花の種子、昆虫の殻や貝なども扱っているところなのだ。

——赤の玉を作るのに必要なアカツチコガネは、灼熱《しゃくねつ》の砂漠の木の幹に生息するんだよね？あれをたっぷり採集してきてもらおうよ。他にも、君の染色に必要な、絶海の孤島でしか取れない貝や、氷河にしかいない魚のエラだっけ？　そういったものも、全部探してきてもらうんだ。

──砂漠？　氷河⁉　何を言っている‼　絶対無理だ‼

伯爵はさんざん暴れて最後まで嫌がっていたが、ついに商隊の馬車に詰め込まれて運ばれていった。

老いた伯爵には難しいさらに危険な場所には、トリスタンが牢獄から出てきた暁には喜んで行ってくれるはずだよ、とセイランは笑った。

アニエスとセイランは、明るい光が差し込む控室に二人きり。

全身を写すための大きな鏡には今、白いドレスを着たアニエスと、そのアニエスを背後から抱きしめて、首筋に唇を落とすセイランの姿が映っている。

「アニエス、とても綺麗だ」

腰を抱きしめていたセイランの手が上に滑ったと思ったら、するりと胸の布を落とされた。

「あっ……」

鏡の中のアニエスは、ぷるんと白い胸を露《あら》わにしている。胸の先端の小さなピンク色まで、明るい部屋の中で明らかにされてしまった。

「セイラン様、こんなところで……いけません！」

「大丈夫、時間はあるんだから」

アニエスが身体を揺らすたびに、伴って揺れる胸の膨らみを、鏡の中のセイランが楽しそうに見ている。

下から両手で持ち上げられて、ぽよんぽよんと弾まされた。

「んっ……だめ、せっかくみんなで作ったドレスが、皺になってしまったら」

「じゃ、ちゃんと脱いでおこう」

背中のホックが外されていく。

抵抗しようとしたアニエスだが、胸の先を擦られながら口付けられて、力が抜けていってしまう。

セイランは、アニエスからドレスを脱がせると、自分のマントと共に近くのトルソーに丁寧に掛けた。

工房を出入りしているうちに、セイランもさらに布の扱いが上手《うま》くなった。才能があるように思うのだが、言うとその気になって公爵の仕事を疎《おろそ》かにしそうなので内緒にしている。

さらにセイランは、床にしゃがみこんだ下着姿のアニエスを軽々と持ち上げてしまった。

「きゃっ……」

そのまま壁際の大きなソファまで運ぶとアニエスを横たわらせ、もう一度口付ける。

「アニエス、唇を開いて」

おずおずと開いた口の中に、セイランの舌が入ってくる。甘い口付けにうっとりと目を閉じているると、セイランはアニエスの下着の紐やコルセットをするすると解いていってしまう。

さっきまで花嫁衣装を着ていたはずのアニエスは、いつの間にかショーツ一枚の姿にされてしまった。

さらにセイランは、片手で軽く自分のタイも抜いてしまう。

「セイラン様も、服が皺になってしまいます」

「大丈夫。同じものをもう一着用意しているから」

(か、確信犯⁉)

動揺するアニエスに、セイランはけろりとした顔で口付ける。その唇はアニエスの鎖骨の上から胸の谷間まで辿り、柔らかな膨らみにちゅうっと音を立てて吸い付いた。

「痕を付けたらだめですよ？　そこは、ドレスでは隠れません」

セイランは唇を尖らせる。

「ここまで見えてたっけ？　それは、やっぱりちょっと見えすぎだな」

「セイラン様が、デザインの了承をしてくださったんですよ？」

「やっぱり、みんなに見せるのが惜しくなってきた。こんなに可愛くて綺麗で、ツヤツヤでぷりぷりの、僕の妻を」

囁かれて、耳たぶをかじられた。

指先は触れるか触れないかの位置でアニエスの胸の裾を辿り、そっと頂点へと上がっていく。

「あっ……んっ………」

「気持ちいい？　アニエス。可愛い声をもっと聴かせて」

甘く囁かれ、下唇を優しく食《は》まれる。

「んっ……！」

声が飲み込まれるように深く口付けられた。

胸の先を両方いっぺんに、胸の中に押し込まれる。

小さな二つの乳首は、セイランの指先でぷくりと芯を帯びてきた。

「アニエスのここは、すごく可愛いな。目も鼻も鎖骨も髪も耳たぶも声も可愛いんだけれど、乳首は特別に可愛い。もっともっと、いじってもいい？」

「そ……そんなこと、わざわざ言わないでくださ……」

耳たぶから頬、鼻の先から顎、首筋。セイランはゆっくりと、アニエスの体中に口付けていく。

そのたびに、「ここが可愛い」「ここも可愛くて仕方ない」「どうしてこんなに可愛いんだ」と繰り返す。胸の頂は特に丹念に口付けられた。

下から弾かれ、もう一度吸われて、甘く歯を立てられて。

乳首はやがて、ほんのりと朱色に染まっていく。

「君の身体には、たくさんの赤が隠れているね」

濡れた唇を舌で舐め、セイランは笑った。

そう言う彼の眼のふちも、ほんのりと赤くなっている。その挑発的なまなざしに、アニエスの背筋はぞくりと震える。

「あの時……君が攫《さら》われた時、僕は全てを否定しようとした」

「セイラン様……」

「何もかもを後悔した。自分のことが許せなくて、信じられなくて、今まで選択してきたことの全てが間違っていると思ってしまったんだ」

アニエスを見下ろして、セイランは囁いた。

「だけどあの時あの鳥が、君の色を運んでくれたから。だから、気が付くことができた」

アニエスの額に、セイランはすりすりと自分の額をこすりつける。

「もっと……もっと教えて。僕しか知らない、君の赤」

かすれた声で囁いて、セイランはアニエスの身体を抱きしめる。

そのままふわりと、身体が返された。

うつぶせになったアニエスの首筋から背骨に沿って、セイランの唇が辿っていく。アニエスはいちいち声を上げて、身体をくねらせた。

セイランが口付けたところの熱が上がっていく。

赤い色が、広がっていく。瞼の裏まで、染まっていく。

もう一度、身体が表に返されて、臍の周りにセイランが口付けていく。

身体に力が入らない。

「セイラン様、駄目……」

「力、抜けちゃった？」

アニエスを見下ろしたセイランが、妖しく笑って唇を舐める。

「大丈夫。立てなくなったら、僕が君を抱き上げて式に出るから」

ただし、繋がったままね、と笑う。一瞬何を言われているか分からなくて、理解するとアニエスの顔はさらに真っ赤に染まっていく。

「そんなの……！」

「安心して。言っておくけどちゃんとドレスは着せておくし、感じてる君の可愛い顔は、絶対に他の奴らから見えないようにするからさ」

揺るがない瞳で宣言される。本気の顔だ。

「だめ、そんなこと……あっ……」

擦り合わせた両脚は軽々と広げられ、その間にセイランはかがみ込んだ。

腰を引き寄せられ、ショーツをずらして覗き込まれる。

「あっ……」

「僕しか知らない色、見つけた」

セイランの唇がその場所にあてられる。ぢゅちゅ、と音を立てて吸い上げられる。

「ああっ……！」

口に当てたアニエスの両手を、セイランは軽々と剥がして指を絡めて握りしめる。そのまま唇を密着させて、舌をアニエスの中に入れていく。

アニエスは声を上げながら、腰を反らしていく。声が我慢できない。堪えないといけないのに、どうしても、どうしても抑えることができない。

あふれ出してしまう。

「我慢しないで」

「やっ……セイラン様っ……‼」

不敵に笑ったセイランが、ぷくりと覗いた神経の核に歯を立てる。

ゆっくりと力を込めて、だけどあくまで優しいまま、先端を舐めてくる。

「だめ、ああっ……！」

アニエスは腰を持ち上げた。もっと高く。首を振って、

「達しそう？　いいよ。一度身を任せて」

「だめ、だって、私……」

「いいんだよ。もう僕の前で、我慢なんかしなくていいんだ。思う通りに生きればいい」

(そ、そういうことじゃ……！)

得意げに笑って、セイランはちゅるりと核を吸い上げた。

「っ……ふあああっ‼」

ひときわ高い声を上げて、アニエスは紅潮した体を跳ねさせる。

誰かが外で聞いているかもしれない、もうすぐ結婚式なのに、国中から、世界中から人が来ているのに。公爵夫人としての役目を立派に果たさねばいけないのに。

そういうものがすべて、熱いまどろみの中に溶けていく。

くたりと力を失うアニエスの身体を、セイランは何度も指先で撫でた。

瞼に口付け、頬をなぞり、唇に深く口付けてくれる。

やがて、どうにか意識を取り戻したアニエスの身体はそっと抱き上げられて、気付けばさっきの大きな姿見の前に連れていかれていた。

「あ……」

明るい日差しが降り注ぐ控室で、鏡の中に立っているのは、ほとんど裸の自分の姿だ。身にまとっているのは、白いタイツとショーツ、そして太腿《ふともも》のレースの靴下留めだけ。

さらに肌は上気して、目元がとろんと蕩けている。

「セイラン様、こんな格好見せないで……恥ずかしいです」

「すごく綺麗だね、アニエス」

「そんな」

背後から、セイランはアニエスを抱きしめて、顎を持ち上げて口付ける。

「アニエス、落ち着いたら一緒に世界中を回ろうか。君が欲しい染色の材料を、一緒に探して回るのもいいね」

「えっ……」

アニエスは目を丸くした。

「あっ。灼熱の砂漠や限界の氷河はまあ、そのうちとして。世界中の、あらゆる色を見て回るんだ。どう?」

アニエスの脳裏一面に、薄紅色の花畑が広がっていく。

初めてセイランと会えたあの日の、あの花畑を。

「僕にまた、色のことを教えてよ。初めて会った、あの日みたいに」

セイランが、アニエスの背中に口付ける。

唇は背筋を辿り、尻の膨らみをなだらかに降りていく。両膝を床に着いたセイランは、アニエスの脚の間に顔を埋めるようにして、ショーツをずらしたその奥に口付けた。

「ああっ……」

両脚が震える。がくりと崩れ落ちそうなのを、アニエスは鏡に両手を突いてどうにか堪える。

先ほどとは違う角度からアニエスの中に埋められた舌が、円を描くように中でうごめく。熱い。溶けて密着して、そのまま一つになって、溢れてきそうだ。

愛し合うとは、境界を取り払うということなのかもしれない。

全く違う境遇で生きてきた二人が、巡り合って惹《ひ》かれ合って、やがて誰よりも近しくなりたいと思った時に、二人を隔てるすべてのものを取り除き、そしてようやく、ひとつになる。

混ざり合い、新しい色を作るために。

「アニエス」

セイランは身を起こして、濡れた唇を手の甲で拭った。

背後から、アニエスの身体を包み込むように抱きしめて、そのまま自分自身を埋め込んでくる。

「あっ……」

すっかり蕩け切っていたその場所は、待ちわびたようにセイランを飲み込んだ。

「ああ、あったかいな……」

かすれた声で、セイランが耳元で囁く。

「中が全部トロトロで、ここのところ、擦ったら」

下からゆっくりと、突き上げられた。

「ああっ……！」

「奥からきゅっと締め付けて。身体の中もこんなに可愛いなんて、君はどうかしてるんじゃないのかな」

奥まで入って、セイランはじっと動きを止める。アニエスを抱きしめて、俯いた姿勢で大きさが強調されたたわわな胸を、背後からぽよんぽよんと手の中で弾ませて。

両方の胸の先を、指先でくすぐられる。

小さく顔を出したそこを、とんとんと中に押し込まれて。それに気を取られていると、中をとんっと突き上げられる。

「っ……はうっ……」

アニエスの耳の周囲を舌でなぞり、セイランは今度は二度、続けてとんとんっと腰を突く。

「ああっ……」

奥をくじりながら、セイランはアニエスの腹をおさえる。まるで、自分のものがアニエスの中にあることを、分からせようとするように。

「セイラン、さまぁ……！」

「アニエス、可愛い。ほら、鏡の中の君を見て」

鏡の中のアニエスは、目元を真っ赤にさせて瞳を潤ませ、肌を上気させたまま、背後からセイランにきつく抱きしめられている。

とんとんくちくちと、奥が突かれる。

背後から回されたセイランの指先が、入り口の突起を優しくいじる。

「あっ……ああっ……」

一気に力が抜けそうになって、アニエスは、目の前の鏡に手を突いた。

様々な色に染まった指先が見える。

かつては恥ずかしいと思っていた、だけどセイランが綺麗だと言ってくれて、今は愛《いと》おしい自分の指が。

「アニエス……」

背後から伸ばされた手が、アニエスの手に重ねられた。

色づいた十本の指に、セイランの指が絡められ、そして優しく握られる。


アニエスはもう、手袋をすることはない。

眼鏡をして視線を隠すこともないし、言いたい言葉を飲み込むこともない。

だってここに、いるのだから。

互いに深く信じ、受け入れ、そして愛し合うたった一人のひとが。

だから、自分の中の大切な想いを、言葉にすることができるのだ。

「セイラン様、大好きです」

「愛しているよ、僕のアニエス」

閉じた瞼の裏側に、鮮やかな色が広がっていく。

二つの色は重なり合って、未来を明るく染め上げていく。

あとがき

「染色令嬢の溺愛結婚事情　妹の元カレの公爵に嫁いだはずが彼は私だけを愛しているそうです」をお手に取ってくださいまして、誠にありがとうございます。

茜たま　と申します。ケンカップルと両片想い、執着溺愛男子の攻め攻め焦れもだ関係、男女問わず背中を預けられるバディ関係、そして甘さたっぷりに溺愛されつつ「えいや」と軽やかに突き進んでいく女の子などが大好きです。

好きなものを挙げ続けていくとそれだけでページが終わるのですが、きょうだい関係から生まれる葛藤というものも好きです。きょうだいって不思議ですよね！　同じ親から同じように生まれて同じ環境で育ったとしても、全く別の人間になるのだから。

まずは、何といっても兄と弟。ヒーローが兄なのか弟なのか、仲がいいのか悪いのか。年齢差はどれくらいで、見た目が似ているのかいないのか。二人はどんな会話をするのか。そんなことをじっくりと考えるのが大好きです。振り返れば今まで兄も弟も、あとは双子の兄弟のヒーローなども書きました。

姉妹というものの奥深さも、また別の意味で大好きです。

一番近しい存在ゆえ、物語の中では敵対することも多いように思いますが、その分、複雑な思いを互いに抱いているはず。女の子同士の友情を書くのも実は大好きですが、姉妹はさらに色々な感情が渦巻きつつ、長い時間をかけて関係を作っていくものだと思います。

そんなことを考えながら、今回のアニエスとローザを書いたりしました。

二人はおそらくこの先ずっとずっと、互いの力を認め合いながら、時にはやっぱり嫉妬したり、敵わないと思って喧嘩したりしながら、様々な色を生み出していってくれると思います。

さて、セイランは立派な公爵になるでしょう。

彼の宣言通り、南部はどんどん盛り上がっていきます。特に流行の発信源となるでしょう。かつてセイランの母がそうだったように、王妃カロルは南部に入り浸ってしまうかもしれません。そうなるともちろん国王エリックもついてくるので、南部は本当にこの国の王都であるかのように、一層賑やかになることでしょう。

古い考えを持った男たちは駆逐され、男女を問わず生き生きと、好きなことが出来る場所になっていくといいなあと思います。それを象徴するのが公爵夫人・アニエスです。

そんな素晴らしい南部を作り上げたセイランですが、子供が成長した暁には、あっさりと爵位を譲ってしまうかもしれません。そう、すべてはアニエスと一緒に過ごす時間を捻出するためです。彼の優先順位はとてもはっきりしていますので。

多分一生死ぬまで仕事を続けるアニエスと共に、どこに行くにも一緒に過ごすのだと思います。セイランの執念……よかったね……。


今回の装画をご担当くださいましたのは、Ｃｉｅｌ先生です！

まさに「恋を司る悪戯な神様」ことセイランの美しさと色っぽさたるや。

そして、アニエスの可愛さ。ご覧になりましたか。眼鏡を着けても外しても可愛い……服を着ても脱いでも可愛い……。どのイラストでも、二人の姿がキラキラと輝いて見えました。本当にありがとうございました。

最後になりましたが担当編集N様をはじめ編集部の皆様、竹書房の皆様。制作から印刷、宣伝、流通に関わったくださったすべての皆様、そして書店の皆様に、深く感謝を申し上げます。

何よりも、いつも手に取ってくださる読者の皆様。いつも本当に、本当にありがとうございます。少しでも楽しんでいただけましたら、これ以上嬉しいことはありません。


ここまでお付き合いくださいまして、ありがとうございました。

どこかのお話の中でまたお会いできますことを、心から祈っております。

二〇二五年冬　茜たま

Mitsuneko Label

蜜猫文庫をお買い上げいただきありがとうございます。
この作品を読んでのご意見・ご感想をお聞かせください。
あて先は下記の通りです。

〒102-0075 東京都千代田区三番町 8 番地 1 三番町東急ビル 6F
(株)竹書房　蜜猫文庫編集部
茜たま先生 /Ciel 先生

染色令嬢の溺愛結婚事情
妹の元カレの公爵に嫁いだはずが彼は私だけを愛しているそうです

2025 年 2 月 28 日　初版第 1 刷発行

著　者　茜たま　
発行所　株式会社竹書房
〒102-0075
東京都千代田区三番町 8 番地 1 三番町東急ビル 6F
email : info@takeshobo.co.jp
https://www.takeshobo.co.jp
デザイン　antenna
印刷所　中央精版印刷株式会社

はじまりの魔法使いは生贄の乙女しか愛せない

クレイン
Illustration ウエハラ蜂

ああ、働きたくない。このまま
ずっとひっついていたい……

魔力を持つコーデリアは力を隠し平穏に生きていたが、町を魔物から守る為に自ら囮になった。その危機を救ったのは、消息不明になっていた美しい幼馴染みのメルヴィンだった。実は膨大な魔力を持つ彼はコーデリアの平穏と引き替えに魔術師長となり、この国を守ってくれていたことを知る。「ずっと会いたかった。俺のものになってくれ」彼に求められ長年の彼の孤独と愛情を受け止める事にしたコーデリアは甘く愛され始めて!?

蜜猫文庫